Apolinária

FÓSFORO

BIANCA SANTANA

Apolinária

Para Cecília

1

ELA CRIAVA CODORNAS NA GARAGEM. Não seria uma garagem pelo plano original da Cohab, mas a vizinhança acordou que aquele era o espaço dos carros e demarcou quarenta vagas, uma por apartamento. Pagou um conhecido para subir paredes e um telhadinho de Brasilit. Colocou o poleiro lá dentro e começou a vender os ovos.

Moramos nesse apartamento de cinquenta e seis metros quadrados entre 1987 e 1999, mas não tivemos codornas todo esse tempo. Assim como dona Ana e seu Ivo, do segundo andar, não tinham galinhas na lavanderia em todo o período em que moraram na Cohab.

Dentro do nosso apartamento não tinha bicho. A vó tinha o quarto dela, o tio dormia na sala, eu e minha mãe dividíamos quarto e cama de casal. De noite, o tio levava um colchão para a sala. Ao acordar, recolocava debaixo da cama de solteiro Giorgio Nicoli da vó Polu.

O banheiro tinha vaso sanitário e chuveiro. A pia ficava do lado de fora, o que facilitava bem. Na cozinha, tínhamos armários comprados nas Casas Bahia, fogão e a geladeira amarela que minha mãe ganhou de casamento. Na lavanderia ficava a geladeira branca que era da vó antes de morarmos todos juntos, um armário sempre abarrotado de arroz, feijão, farinha; tanque, máquina de lavar que pouco era usada, varal e infinitas plantas. Mal se podia andar, tantos eram os vasos no chão e no teto. Eu reclamava da floresta amazônica e criticava vó Polu pelo exagero.

Em 2017, quando minha mãe entrou pela primeira vez no apartamento 24 bloco 1 da rua Cayowaa, não conseguia se mexer na varanda lotada de plantas.

— Dona Polu veio morar aqui?

2

SÓ QUANDO A CABEÇA TOMBOU PARA O LADO me dei conta de que ela tinha mesmo morrido. A máscara de oxigênio, que nos dias anteriores aumentava a saturação do corpo, silenciando o aparelho, não surtiu efeito dessa vez. Olhei ao redor e percebi que éramos só eu e ela. A enfermeira estava tão nervosa quando a respiração piorou, que pedi para telefonar para a médica do *home care* buscando instruções. Sabia que não adiantaria de nada, mas a ocupação tiraria o medo da sala. Éramos só eu e ela.

Uma tranquilidade prazerosa me tomou. Da cabeça irradiou para os braços e pernas. Minha respiração acalmou e tudo ficou mais iluminado, como se alguém tivesse aumentado o brilho da tela que não existia. Eu estava ao lado dela, como ela esteve do meu por quase dezenove anos. Do que veio depois, pouco lembro. Apenas que tudo era muito, especialmente as palavras. Muitas palavras que diziam coisa nenhuma. Pelo menos para mim. E para ela, que já não ouvia mais nada.

Inveja. A morte ainda me parecia um grande alívio. Imaginava não precisar mais levantar. Não ter de me mexer no tabuleiro de atribuir sentido a terem encapado a terra com asfalto e reclamar de enchente, a trabalhar catorze horas por dia para pagar juros e acumular tralhas, a ser convidada a me entupir de remédios que desequilibram o corpo em busca de saúde. Apenas acabar. Sem o drama do suicídio ou do assassinato com um tiro na cabeça. Morrer por insuficiência respiratória, no quarto de casa, aos oitenta e quatro anos de idade, tendo percorrido todo o tabuleiro com louvor. Invejei vó Polu.

Foram tantos anos ouvindo histórias do rio São Francisco, do centro de São Paulo, da Vila Gustavo, contadas a mim, a estranhos no metrô, a vizinhas de quem falava bem pela frente e mal pelas costas, que posso ouvir a voz firme da vó Polu quando sento para escrever sobre ela.

3

MEU NOME É APOLINÁRIA, mas sempre me chamaram Polu. Sou baiana. Nasci em Tabocas do Brejo Velho, mas fui criada em Sítio do Mato, na beira do São Francisco, na Lapa do Bom Jesus, lugar de romeiro. Os antigos diziam que eu nasci em 1919, mas no registro está marcado 1925. Fui criada sem pai, sem mãe e sem irmão.

Cheguei em São Paulo em 1946. Vim pra um tratamento médico na Santa Casa de Misericórdia. O doutor achou graça eu querer limpar o quarto e lavar bem o banheiro antes de ser internada. Mas eu não era besta de ficar naquela sujeira. Das cinco vezes que fui operada, deixei tudo limpo antes da internação. Arrastava cama, jogava cândida, chega ficava branquinho.

É que eu gostava de um moço quando era nova, mas casei com o pai dele. Tive um filho que morreu bebezinho, ê em. Adoeci e vim me tratar em São Paulo. Quando tive notícia de que o velho morreu, não voltei mais. Aqui fiquei. E conheci o Sabino, dez anos mais novo. Casei com ele, tive dois filhos. Uma me deu muita alegria e o outro tirei até sangue de tanto bater, mas não adiantou. Bebeu que perdeu o emprego no Bradesco.

Eu só tenho a agradecer a Deus pela vida que tenho hoje. Minha casa, a pensão que sai direto do salário do Sabino todo mês. O juiz que mandou, quando ele quis tirar as crianças de mim. Faz-se besta. Quis ir no juiz pra tirar meus filhos e teve foi que pagar pensão. E o juiz ainda deu um sermão no catrumano. Cuido das minhas plantas, das minhas codornas e vivo em paz até o dia que Deus chamar.

4

A PELE PRETA BEM ENRUGADA, principalmente no pescoço, era a mesma desde que nasci, em 1984, até sua morte, em 2003. Eu estava no primeiro ano da faculdade. Antes do *home care*, naquele mais de um mês de hospital, com semanas de UTI, ela fazia questão de anunciar para enfermeiras, faxineiras e quem mais se aproximasse que tinha uma neta médica.

— Vó, eu não sou médica. Sou estudante. E estudo ciências sociais e jornalismo.

— Então. Estuda ciência, é médica. Pelo menos uma coisa boa aquele analfabeto fez. Minha fia na USP.

— Vó, eu não estudo medicina na USP, estudo ciências sociais. O Lula não é analfabeto e eu passei no vestibular antes da eleição.

— Analfabeto sim, como eu. Onde já se viu analfabeto presidente? Ainda bem que o único voto que dei na vida foi pro Getúlio. Que homem bom.

Não adiantava corrigir ou explicar. Para ela, ou ciências sociais era ciência e cientista era médico mesmo, ou se fazer de desentendida era um caminho para ser bem tratada no hospital. A vida toda performou ignorância ou sabedoria, dependendo do objetivo, construindo toda forma de discurso.

Como era boa de discurso. De conversa não, porque pouco ouvia. Mas de disparar a falar sem pausa, ignorando perguntas, disparando verdades e histórias da própria vida. Sempre permeada por contradições que não podiam ser contestadas.

Empostava a voz para cobrar candidato que ia pedir voto na Cohab, com padre ou pastor que julgasse suas faltas na igreja, com médico que deixava de explicar o que ela queria entender.

— O senhor pensa que eu sou besta? Só por que não tenho estudo?

Ter sido educada por ela, enquanto minha mãe passava quatro horas por dia no transporte público e outras nove no telefone de uma multinacional, vendendo prego e parafuso, me forjou. Conto de fadas? Aviãozinho pra comer? Coisa de novela e motivo de piada. Criança nunca foi tão importante. É só dar feijão e esperar crescer.

5

O RAIO DO DIA ENTRAVA PELA JANELA e eu levantava. A primeira coisa era acender o fogão. Se o pau fosse novo ou tivesse um pouco molhado, o fogo demorava a pegar. Preparava o beiju, o cuscuz de milho, o fofão e fazia o café sem gastar muito pó, nem muito açúcar. A madrinha sempre repetia que precisava levar muita mandioca pra feira pra voltar com um punhadinho de café, açúcar, sal e querosene. Tinha que economizar.

Eu botava a água pra ferver no bule de ágata que ela ganhou da mãe. Gostava de ouvir o borbulhar antes de mexer em círculos o filete que caía, cheirando o café. Botava a xicrinha de São Benedito, rogando que nunca faltasse comida. Só depois de tudo pronto ia fazer minhas necessidades e lavar o rosto no rio.

Caminhava devagar, não tinha pressa pra ir nem pra voltar. Começava a limpar o chão, pregar uma roupa furada, recolher os panos pra lavar. Se tinha criança, levava comigo pro rio. Se não, ficava mais livre pra conversar e cantar.

Eu esfregava bem as roupas e botava pra quarar. O povo dizia que minha mãe também deixava a roupa assim, alvinha. Isso não posso dizer, porque mal lembro dela. Tinha por nome Honorata. Ou Honorata era o nome que meu pai deu quando foi caçada no mato. Era índia. Tinha um cabelão liso, comprido, diferente desse meu pixaim. Não tenho muita lembrança dela. Dizem que morreu na minha idade de cinco anos. Meu pai me deu pra madrinha criar quando caiu no mundo. Antes assim. Na madrinha eu tinha comida, ensinamento dos mais velhos e um canto pra dormir atrás da porta, na esteira de palha.

6

A VIZINHA SÓ IA ACENANDO COM A CABEÇA. Conhecia Polu há tempo o bastante para saber que não era para interromper. Mas os olhos da amiga, que também veio do Nordeste para a periferia de São Paulo nos idos de 1950, brilhavam com o rumo da história, um ou outro sorriso aparecia, mostrando que ela gostava de ouvir e se identificava com aqueles detalhes.

Do prédio todo, com quarenta apartamentos, vinte em cada bloco, eu era a única criança que não frequentava a escola pública. Um status que pesava desde que a professora da EMEI chamou meus pais e recomendou que se esforçassem para pagar uma escola melhor para mim. Nas palavras repetidas pela minha mãe: "Não dava para puxar. Muitas crianças nem tinham o que comer em casa, não conseguiriam acompanhar".

Foi então que meu pai me levou para conhecer duas escolas. A primeira, de freiras, pareceu sombria e sisuda. A segunda, com nome de santo, tinha duas menininhas mais velhas, de mãos dadas, que sorriram e acenaram, acolhedoras.

— Pai, prefiro a São Judas.

Foram nove anos copiando a lousa e achando tudo duvidosamente fácil.

As boas amigas de infância não seguiram próximas na adolescência. Nos afastamos quando uma confessou que o pai a proibia de brincar na minha casa porque o conjunto habitacional era perigoso, e quando a outra passou a olhar com mais piedade que amizade depois do tiro na cabeça do meu pai. Pouco importava, eu ia bem sozinha.

Sozinha, aliás, era o meu estado. Eu era a intersecção dos vários conjuntos. Tinha a escola e o prédio. Universos incompatíveis pelo desprezo de umas e o medo de outras. Tinha a casa da mãe e a do pai. Em uma, dinheiro contado para uma pizza por mês e muita preocupação em fazer tudo direito, na outra, roupa da Pakalolo, mala de dólar escondida debaixo da cama e um .38 que eu sempre encontrava, por mais que meu pai tentasse esconder.

Quando eu estava com meu pai, cada vez que a gente cruzava com um carro de polícia, minha barriga gelava e eu ouvia a voz da minha mãe ou da minha vó dizendo que ele fazia uma coisa ilegal, que o jogo de bicho era proibido. Passar em frente ao Carandiru também era um pesadelo. Eu rezava com fervor pelas filhas daqueles presos.

Mas, sem policial ou presídio, era uma diversão. Eu gostava de ir com ele recolher a corujinha — que até hoje não sei o que é exatamente —, ficava no carrão — porque naquela época ele sempre tinha um carrão —, espiando de longe a entrada em uma floricultura com poucas plantas ou em uma banca de jornal só com revistas velhas, e a saída com um envelope volumoso.

Nesse tempo, era divertido ter tantas vidas dentro da minha. Receber Nossa Senhora de Fátima com novena na casa da minha mãe antes ou depois de ir com ela ao centro espírita; samba animado com direito a beber a espuminha da cerveja de vários copos na casa do meu pai. A regra que eu mesma defini era não contar de um lado o que acontecia do outro. Cada momento tinha sua diversão e ela era só minha.

Tinha muita brincadeira no chão de terra batida do prédio, dentro dos apartamentos onde as mães permitiam farrear, nos campinhos de futebol, na catequese e nas aulas de dança do centro comunitário. E principalmente nas aventuras com o tio Haroldo.

Vila Sabrina — Praça do Correio, linha 1156 ou 2181. Do ponto final, no centro da cidade, íamos à biblioteca Mário de Andrade, que ele me apresentou quando as do Parque Edu Chaves e da Vila Maria já não tinham tudo o que eu desejava ler.

— Colônia Cecília, tio. Uma experiência anarquista do século 19 que conheci pela Zelia Gattai. Preciso saber mais da Colônia Cecília e não tem nada na biblioteca da escola nem nessas outras aonde o senhor me levou.

— Tem uma biblioteca grande lá na cidade. A gente vai lá, tá bom?

Íamos também para a Praia Grande todo mês de julho. O 1156 ou o 2181, metrô até o Jabaquara, ônibus até a Cidade Ocian. Pão com mortadela ao acordar, arroz, sardinha em lata e suco de pozinho sabor guaraná no almoço e na janta. Dominó ou Mau Mau se chovesse.

Nos dias de pouco ou muito sol, caminhávamos as sete quadras da casa até a estátua de Iemanjá descalços, eu de maiô e ele de sunga. A gente não levava nada pra praia, nem toalha, nem chinelo, muito menos dinheiro, pra entrar no mar sem a preocupação de sermos roubados. Pedíamos licença — Odoyá — e passávamos horas conversando e brincando na água.

Também em julho íamos os quatro a Aparecida do Norte. O 1156 ou o 2181 até a rodoviária do Tietê, quando ainda estava escuro. Igreja velha, igreja nova, sala dos milagres, lembrancinha pras vizinhas. Pausa pro pão com patê de sardinha que minha mãe preparava antes de sair de casa e o guaraná de cada um. Os trajetos eram de risada e histórias.

7

DE TARDE, COM A ROUPA ESTENDIDA, eu começava a fazer comida. Essa hora um homem já tinha deixado o surubim, a corvina ou o matrinxã na cozinha. Eu limpava e temperava bem temperado. Limão, sal, coentro, pimenta de cheiro. Tô pra ver quem tempera um peixe como eu. Mandi, piau, pacamã, tudo quanto é peixe eu tempero e preparo muito bem. No fogo ou direto na brasa.

Pegava no quintal o que já estava bom de comer. Era uma fartura de abóbora, couve, chicória, maxixe, quiabo. Cozinhava aquele arroz cheiroso e amarelo de colorau. Limonada, suco de umbu ou de seriguela. Comia primeiro, antes daquele povo todo. Ia pra debaixo duma árvore pegar fruta e descansar um pouco. Mas precisava voltar antes da oração.

Bendita e louvada seja
Seja as três palavras de Deus
Esse bocado que nós comemos
Foi dado pelas mãos de Deus
Nos dai todo dia e toda hora
O pão de cada dia

A nós e a quem em nossa porta chegar
Perdão aos nossos pecados
E proteção ao nosso lar

Quando a casa esvaziava de novo, eu ia com a louça e as bacias pro rio.

Aproveitava pra tomar outro banhozinho, que ninguém aguenta aquele calor. Nunca soube nadar, então não dava muita liberdade pra água. Ia até o umbigo e abaixava rápido pra molhar o corpo até a cabeça. Nem de sabão precisava.

Se estava cansada, levava comigo uns raminhos de alecrim que davam ânimo na certa. Era esfregar assim na mão, jogar no corpo, tirar com água e pronto. Estava bem-disposta outra vez. Podia voltar, limpar o restante da casa, passar a roupa com o ferro a carvão. E estava livre pros meus bordados. Se dava muita mandioca, precisavam de mim na casa de farinha. Se não, era eu, o bastidor, a agulha e as linhas na beira do rio. Até o sol se pôr. Escola nunca frequentei. Analfabeta de pai e mãe. Mas chucra eu nunca fui.

Não era toda casa que tinha alguém pra limpar e cozinhar. Era minha madrinha e mais duas ou três. Em troca da comida, de algumas roupas e do lugar pra dormir eu cuidava da casa. Melhor que não ter onde morar. E mais fresco que ir pra roça com o sol a pino. Nunca tive do que reclamar. Só agradecia a Deus, Nossa Senhora. E girava de branco quando batiam tambor.

Os mais antigos contavam que aquele mato era terra de preto fugido. Foram os padres que vieram com essa história de sítio. Sítio do Mato. No mato, preto podia construir a própria casa e trabalhar como queria. Podia bater tambor. Não era maltratado, como nas fazendas de coronel. Ouvi até dizer que tinha uma lei que proibia preto de trabalhar de graça em fazenda de branco. Mas isso era história que o povo contava quando eu era menina.

Nem vem querer procurar de novo essa coisa de escravidão. Se minha mãe era escrava ou meu pai. Se os mais velhos, onde eu morava, tinham sido escravos. Nunca ouvi falar disso.

Na minha terra cada um trabalhava da sua roça e com os seus bichos. E levava pra vender na feira ou trocar por outras coisas se quisesse. Tinha gente mesmo que nunca pegava o barco pra ir pra feira. Três dias de viagem, achavam muito. Esperavam o remeiro passar pra fazer umas trocas. Ou viviam com o que Deus dava ali e só.

Eu trabalhava pra minha madrinha porque era criança e precisava de lugar pra dormir. Mas sabia que quando me sustentasse nas próprias pernas podia ir embora. Essa história de escravo lá não tinha. Até falavam de cativeiro. Que as marcas nas costas do seu Beija eram dos tempos de cativo. Mas nunca gostei de história triste.

Os antigos contavam que uns anos antes do meu nascimento foi que teve essa lei de que preto não trabalhava mais de graça em fazenda. E que muito preto não tinha mais onde morar, porque trabalho pago era difícil. Foi quando construíram mais casas na minha terra. No tempo quando chegou seu Beija e mais uns outros. Falam que todo dia chegava gente, porque o mato era famoso por ter muito preto solto. Dizem até que a primeira romaria pro Bom Jesus foi uma festa depois da libertação do cativeiro. Assim eu ouvi dizer. Mas não posso assegurar, porque não vi. O que falo com certeza é do Velho Chico, porque fui criada na beira dele.

Criança tomando banho, mulher lavando roupa, barco de remeiro e o vapor. Na Lapa sempre paravam o *Benjamim Guimarães*, o *Barão de Cotegipe* e o *São Francisco*. Eles iam de Pirapora a Juazeiro, de Juazeiro a Pirapora. Quanto homem educado, meu Deus. O comandante era sempre um homem branco, grande, bem apessoado, de roupa alvinha. Ele acenava pro povo que ia ver o vapor passar. Os outros marujos usavam quepe e uniforme bem passado. Era gente entrando, gente saindo. Todo mundo aprumado pra fazer viagem importante. Sempre sonhei fazer viagem no vapor.

Tinha também o vapor fantasma. Sorte de quem podia ver o gaiola todo iluminado, de noite: presságio de boa sorte a vida toda. Dá pra perceber que eu nunca vi o vapor fantasma. Mas isso não é reclamação, não. Só tenho a agradecer.

Em um barco menor, tinha os remeiros, mas eles não gostavam muito desse nome, melhor era dizer barqueiro. Não eram como os homens educados do vapor. Madrinha sempre disse pra não chegar perto de remeiro, porque eles faziam maldade pras moças e depois iam embora. Ela falava que pra um homem virar remeiro, era porque não tinha mais nada de bom pra fazer na terra onde nasceu, e saía carregando coisa de um lado a outro no rio. Pelo sim pelo não, melhor ouvir quem tem experiência. Era isso que eu pensava quando era menina, e, se fosse você, ouvia também. Veja Haroldo, que nunca quis me ouvir.

8

MINHA VÓ FALAVA DO TIO HAROLDO com crueldade. Mesmo quando o elogiava, era para lembrar que ele tinha falhado. Para ela, toda pessoa dava certo ou errado dependendo do que acumulasse. O tio não tinha casa, carro, nem uma carteira assinada pra ganhar salário mínimo. Nos parâmetros dela, fracassado.

Ter parado de beber, depois de quase vinte anos entregues à bebida, parecia ter menos relevância para ela que os anos de alcoolismo. O curso de mecânica de automóveis, os dois ou três anos em que trabalhou na oficina do seu Pedro não contavam. Nem os cuidados comigo, com minha mãe e com ela.

Meu pai até me carregava pro bar do Salsa, na Vila Medeiros, mas quem me fez criança de boteco mesmo foi o tio Haroldo. A gente circulava pela Vila Sabrina, mas o bar da Vera e o do Clidão eram os favoritos. Ele jogava dominó ou conversa fora enquanto tomava um guaraná. Eu assistia os adultos enquanto comia coxinha.

Devia ter oito ou nove anos de idade quando vi aquela Barbie falsificada tão linda em uma prateleira do bar da Vera, ao lado de outros objetos.

— Tio, compra essa boneca pra mim? — ousei pedir, contrariando o comportamento habitual de olhar com determinada expressão, demonstrando o que queria, mas sem falar nada.

— Não é pra vender, Bi. É prêmio desse jogo. Se cair uma bolinha laranja ganha a boneca, se for verde é outro prêmio e assim vai. Mas quase todas as bolinhas são brancas e não têm prêmio.

— Posso tentar?

Ele pediu pra Vera me deixar jogar. Apertei convicta um daqueles quadradinhos e caiu a bola laranja.

Voltei pra casa com a boneca e o orgulho do meu tio.

9

FOI EM 1936. A madrinha já tinha percebido que eu era moça feita. Cuidava da casa dela, deixava tudo ordenadinho pra nem ter que falar com ninguém. Ia tocando minha vida, esperando o dia de ter coragem pra entrar num vapor.

Nunca tinha ido numa festa. Quando tinha algum festejo eu ia era dormir ou conversar com as sereias do rio, saber como andava a Polu de dentro das águas. Nunca gostei de gente. Não sei o que aconteceu nesse São João que senti vontade de espiar.

Quando falei pra madrinha, ela riu. Pegou um vestido de Nena, filha mais nova dela, o sapato de salto e um colar parecendo pérola. Fiz um laço na cabeça, botei água de cheiro e fui pro baile da praça. Tinha é gente. Deu um sufocamento na garganta. Pensei em voltar. Não era só o povo do Mato que estava lá, não. Sanfona, conversa alta, fogueira, bebida. Tanta coisa, que dava tontura. E fazia um calor danado.

Arrumei um cantinho perto do pipoqueiro, fazendo de conta que esperava alguém que tardava a chegar. Madrinha disse que moça sozinha em festa não era bom. Mas sem amiga, nem parente, o jeito era fingir que estava acompanhada. As mulheres com cada vestido bonito. De tudo quanto era cor, tipo e tamanho. Os homens arrumados, perfumados. Era um tal de olhar de um lado e de outro, riso envergonhado, conversa mole, dança. Fazia era graça ver o povo. Aí veio um rapaz pra perto de mim.

Um moço bonito, bem-vestido, que sabia que eu era afilhada de Raimunda. Olavo o nome dele. Neto do seu Beija, primo do sogro da madrinha. Já tinha visto ele de relance no caminho da casa de farinha. Ele pediu pra dançar comigo. Naquela noite me apaixonei.

No dia seguinte, Filipe, pai de Olavo, apareceu na casa da madrinha. Esquentei toda por dentro. Ia fazendo as coisas de casa fingindo que não tentava ouvir. E demorava, demorava. Quando a madrinha me chamou, disse que ia marcar a festa do meu casamento. Velho Filipe andava sozinho e precisava de uma mulher pra cuidar dele e da casa. Nunca mais vi Olavo. Dizem que ele caiu no mundo quando soube da maldade do pai.

10

— MEU SOBRENOME É ITALIANO.

— O meu japonês.

— O meu do rio São Francisco.

Se as crianças da escola particular do Parque Edu Chaves sabiam a origem estrangeira de suas famílias pelo sobrenome, eu sabia que minha avó tinha nascido e crescido na beira do São Francisco, na Bahia, e que meu avô paterno era do trecho alagoano do rio, de Pão de Açúcar. Minha avó e meu avô paternos eram de Bom Conselho, Pernambuco, que não fica perto do rio, mas eu inventei que ficava. Quando eu crescesse procuraria o vapor fantasma pra comprovar minha boa sorte pra vida toda.

Na Cohab, não lembro das crianças se interessarem em contar a origem de suas famílias. Mas os velhos gostavam de falar da terra de onde vinham. Tinha o Piauí, apelidado com o nome do estado de origem; seu Sebastião, maranhense, casado com Lúcia, mineira; seu Renê, boliviano. Se eu percebesse que alguém ia engatar uma história, me aproximava pra ouvir.

Vó Maria, mãe do meu pai, nunca me contou nada de Bom Conselho nem de Ocauçu, no interior de São Paulo, por onde passaram antes de chegar à capital.

— A vó proibiu de contar que lia cartas e benzia gente e bicho quando viemos pra São Paulo — deixou escapar tia Guida.

A tia, ela mesma, entre um período longo na máquina de costura e outro, atendia freguesas que queriam, além de consertar peças de roupa, saber do futuro ou do passado. Eu espiava o acender da vela e o sal grosso no copo com água antes de ela abrir o pano com as cartas dentro. A tia fechava os olhos e inspirava profundamente e pedia para a pessoa cortar o baralho.

Pode ser que ela me visse, mas eu me sentia invisível ao ouvir, de um cantinho, as mensagens cifradas em sua voz rouca. As pessoas entravam invariavelmente aflitas. Algumas saíam aliviadas, outras chorando.

Vó Maria me benzia com um galho de arruda. Vez ou outra eu pegava um galho também pra benzer passarinho machucado e criança de joelho ralado.

11

CASEI COM O PAI, GOSTANDO DO FILHO. Mas minha vida melhorou. Dormia numa cama e era dona da casa que eu limpava e dos panos que eu bordava. Entrei pro Apostolado da Oração. Era eu que preparava a fita com uma medalha do coração de Jesus pras mulheres usarem em dia de festa. Ia até a Lapa buscar o material e criei confiança com as pessoas da igreja. Uma beata. Visitava os doentes do Mato todinho, cheguei até a dar extrema-unção na falta de padre.

Levei a vida desse jeito até o ano de 1942. Me descuidei de tomar as ervas que evitavam barriga. Quando pensei que não, era enjoo, tontura, sono e o bico do peito inchado. O velho foi o primeiro a perceber.

— Vou ser pai de novo. E tu ainda me chama de velho, hein, preta?

De tanta raiva que senti dele no começo, fui pegando carinho com o tempo. Ainda mais quando ele me procurava menos. Sem me tocar ele até era um homem bom. Nunca deixava faltar nada, não levantava a voz nem a mão pra mim.

A barriga crescia e eu fui costurando as roupinhas, preparando a chegada do nenê. Eu sabia que era menino. Dez luas depois, comecei a sentir as dores. "Chama a parteira", gritei pro velho. Estava deitada, pra dormir, quando veio uma dor. Depois outra. E logo outra. Eu nem podia mais respirar, com aquela reviravolta que dava. Vomitei. Tive diarreia. Bebi água. Gritei.

Quando Don'Ana, a parteira, chegou, eu já estava com meu menino nos braços. De cócoras, no chão do quarto, senti a cabecinha do meu bichinho sair. Duas ou três dores depois, o corpinho todo. Enrolei meu filhinho num pano, deitei na cama, botei no peito e vi o amor. Mamava igual cabrito. Conheci o que o povo tinha por nome "feliz".

Filipe beijou a cabecinha do menino e passou a mão no meu rosto. Caiu uma lágrima do olho do velho. Eu tinha criado ternura por ele. Senti outra dor e arregalei o olho.

— Será que tem outro menino?

Don'Ana deu risada.

— É a placenta, minha filha, a carne que abraçava teu filho dentro de você. Tome Filipe, corte o cordão. Você, Polu, deixe o menino ir mamando. Olha que placenta bonita. Vermelho vivo.

— Dê pra mim essa carne, Don'Ana — disse Filipe. — Vou enterrar e plantar um pau de fruta. Vai ser a árvore do meu menino. Que fruta tu quer, Polu?

— Manga.

Era costume no Mato plantar uma fruta com o nome da criança. Conforme crescia a pessoa, crescia o pé de pau. Depois, dava pra trocar as frutas por roupinha e outra bobagem que precisasse. E a criança aprendia a podar, aguar, conversar. Pegava amor na terra. Pra mim nunca ninguém plantou nada. Por isso não criei raiz.

Filipe esquentou água pra eu tomar banho em casa mesmo. Pegou o menino no colo. Dormimos os três na cama, numa paz que eu não sabia que existia. O menino dormiu, dormiu, dormiu, não pedia peito como diziam que faziam as crianças. Com o raiar do dia eu enfiava o peito na boquinha dele e nada. Foi passando o dia e ele não mamava. Fazia xixi e um cocô ralinho, quase água. Sem pegar o peito. Filipe dizia que era assim mesmo. Que criou os catorze filhos que fez, e nunca perdeu nenhum. Mas eu fui ficando nervosa.

Caiu o dia e o menino ardeu em febre. Aquilo não era coisa boa. Mandei chamar Don'Ana, que estava ajudando outra mulher a parir, numa terra longe dali. Eu chorava com a quentura do bichinho, cada vez mais mole. Nem xixi nem cocô fazia mais. Rezei pra Deus, Nossa Senhora, Yemanjá, minha mãe Honorata. Não podia perder meu anjinho. E o velho começou a chorar em desespero quando percebeu que o menino já estava morto no meu braço.

Não saí da cama pra enterro, nem pra missa. Não queria saber de comer. E quem não almoça nem janta, o corpo não se levanta. Não sei quanto tempo passou. Já tinham me desenganado, achando que estava doida. Tenho por mim que o velho já tinha arrumado outra, só esperava meu enterro pra enfiar naquela cama.

Um dia, levantei. Pus minhas roupas numa trouxa, e, no sutiã, o dinheiro que o velho escondia. Fui pra Lapa, decidida a pegar o primeiro vapor.

12

QUANDO FINALMENTE CHEGUEI AO VELHO CHICO pela primeira vez, em 2005, nenhum vapor estava em atividade. O rio estava assoreado e Lula, presidente, ignorava a realidade ao retomar o projeto de transposição do São Francisco, idealizado ainda no Império para resolver o problema da seca no sertão.

Eu estava no terceiro ano de faculdade e queria encontrar uma desculpa para chegar a Sítio do Mato, que desde 1989 era uma cidade, não mais um distrito de Bom Jesus da Lapa. O desejo de conhecer o lugar de nascimento da minha avó não parecia suficientemente sério para pedir que minha mãe completasse o valor necessário para as 26h35 minutos da viagem de ônibus.

Uma amiga se animou a ir comigo. Sugeriu que fizéssemos um livro-reportagem sobre o rio, como trabalho de conclusão do curso de jornalismo. O pai dela lembrou da música de Sá e Guarabira:

Adeus, Remanso, Casa Nova, Sento-Sé
Adeus, Pilão Arcado, vem o rio te engolir
Debaixo d'água, lá se vai a vida inteira

Por cima da cachoeira, o gaiola vai subir
Vai ter barragem no salto do Sobradinho
E o povo vai-se embora com medo de se afogar
O sertão vai virar mar, dá no coração
O medo que algum dia o mar também vire sertão

Para onde foram as pessoas que viviam nas cidades alagadas? Esse seria o foco do livro. Na pesquisa, a pré-apuração, como falamos no jornalismo, fomos à biblioteca da faculdade, onde encontramos uma reportagem de sessenta e sete páginas na revista *Realidade*, de março de 1972. A equipe do então editor Audálio Dantas viajara quarenta e cinco dias da serra da Canastra, em Minas Gerais, onde nasce o rio São Francisco, até o Pontal da Barra, a duzentos metros do mar, onde ele deságua.

> [...] Pilão Arcado, Remanso, Casa Nova e Sento-Sé — cidades que vão morrer afogadas pelo rio quando pronta a barragem de Sobradinho. Ficarão sob um dos maiores lagos artificiais do mundo, para que o rio possa produzir mais energia elétrica e tenha suas águas domadas.

Nas bibliotecas da USP, encontramos uma dúzia de referências sobre a geografia do rio e a cultura ribeirinha. Mas foi na tese de doutorado *Três felicidades e um desengano: a experiência dos beraderos de Sobradinho em Serra do Ramalho — BA*, de Ely Souza Estrela, encontrada na PUC-SP, que soubemos o destino dos mais de 70 mil atingidos pela barragem.

A primeira solução oficial do governo era o realocamento, com o Projeto Especial de Colonização Serra do Ramalho: agrovilas, a setecentos quilômetros das cidades alagadas, construídas a no mínimo oito quilômetros do rio, para abrigar quem vivia da pesca e da plantação de vazante.

Apesar da intensa propaganda, somente mil famílias, segundo Ely, aceitaram ir para as agrovilas. Muitos receberam a indenização das benfeitorias construídas nas terras, quase sempre de grandes fazendeiros, e migraram para centros urbanos, como São Paulo e Brasília. Mas a maioria preferiu ficar na beira do lago, o que obrigou a Companhia Hidrelétrica do São Francisco (Chesf), responsável pela obra e pela usina de Sobradinho, a construir novas sedes municipais ao redor da área submersa.

Estavam justificadas três idas ao rio São Francisco. A primeira, em julho de 2005, para Bom Jesus da Lapa e Serra do Ramalho, passando por Sítio do Mato, é evidente. A segunda, em janeiro de 2006, para as novas sedes de Remanso, Casa Nova, Sento-Sé e Pilão Arcado. A terceira, em julho de 2006, para onde fosse necessário checar informações ou apurar um pouco mais.

Exatamente dois anos depois da morte de vó Polu eu chegava ao lugar onde ela nasceu, ao lado de uma amiga de sobrenome italiano e uma mochila nas costas. Além das poucas roupas, máquina fotográfica e caderno de anotações, levava a carta que minha avó recebeu de uma vizinha em 1951, e uma foto tirada em Aparecida do Norte em 1953.

Da Lapa, pegamos uma van para Sítio do Mato. No desembarque, na beira do rio, perguntamos a pescadores que ajeitavam as redes se eles já tinham ouvido falar de Apolinária, Polu, que nascera ali em 1919 e fora embora nos anos 1940.

— Vixi. Faz tempo, né?

— Quem pode ajudar essas meninas?

— O Elias.

Fomos levadas à casa do agente de saúde, íntimo de idosas e idosos de Sítio do Mato.

13

O *BENJAMIM GUIMARÃES* ERA MEU GAIOLA preferido, nem sei o motivo. No primeiro andar ficava a caldeira, onde se queimava a lenha pro bicho andar, a casa de máquinas, o comandante. No segundo, tinha os camarotes. No terceiro, um bar com restaurante que abrigava o forró varando a noite. Meu bilhete valia pra uma rede na segunda classe. O dinheiro dava pra primeira e muito mais. Mas, pra quem dormiu quase a vida toda numa esteira atrás da porta da cozinha, rede na segunda classe era mais que bom.

A viagem foi que passou rápida. Em Pirapora tinha que pegar uma fila grande antes de embarcar pro sul. Triagem. Na minha vez, a enfermeira me chamou sem nem olhar na minha cara. Perguntou meu nome e mais nada. Passei pelo médico que nem bem colocou aquela coisa pra ouvir meu coração, depois as costas, já falou que estava liberada. Nenhuma pergunta. Só um papel. Com ele, me disse a enfermeira, eu podia comprar bilhete pra ir pra qualquer lugar.

Embarquei no trem do sertão dia 27 de abril de 1946. Cheguei em Corinto, Minas Gerais. Lá, peguei outro trem até Belo Horizonte, mas queria chegar ainda mais pro sul.

— São Paulo ou Rio de Janeiro? — perguntou a bilheteira.
— Onde é mais longe?
— São Paulo — ela respondeu.

14

ELIAS NOS LEVOU À CASA DE DONA PERPÉTUA, com mais de noventa anos de idade, a pessoa mais velha de Sítio do Mato em 2005.

— Apolinária. Polu. Ela era assim, nem alta nem baixa?

— Hmmm. Mais baixa que eu.

— Foi casada com um homem muito mais velho que ela?

— Sim!

— Ela é prima de Bela.

Então eu estava mesmo em Sítio do Mato e prestes a encontrar alguém que conheceu minha avó. Nessa hora, tudo parecia tão impossível, que me deu vontade de voltar pra casa. Caminhei algumas quadras, agitada e temerosa, com Elias e minha amiga.

Cruzamos com uma senhora branca que se protegia do sol com uma sombrinha. Curiosa, sorriu pra gente e perguntou a Elias quem eram aquelas meninas que ela nunca tinha visto. Antes de Elias tomar fôlego pra responder, ela me encarou e fechou o rosto, espantada.

— Tu é neta de Polu.

Bela sentiu tontura e se apoiou em mim e em Elias para chegar até sua casa, naquela rua. Quando chegamos, a deixamos sentada e Elias constatou um pico de pressão alta, a medicou e, algum tempo depois, começamos a conversar. Eu nunca fui parecida fisicamente com a minha avó.

— Como a senhora me reconheceu?

— Tu é a cara de Polu. Me conta, como vai minha prima? Em 1953 fui em São Paulo, ela estava com Haroldo bebezinho. Que homem bom o Sabino. Ela estava tão feliz.

— Dona Bela. Faz tempo mesmo. Quando minha mãe nasceu, em 1955, minha avó e Sabino já estavam separados.

— Menina, não me diga isso, o que aconteceu?

— E dona Bela, não sei se a senhora sabe que minha avó tinha alguns problemas de saúde. Em 2003, faz dois anos, ela faleceu.

Bela se sentiu mal de novo. Chorou. Lamentou não ter ido visitar a prima outra vez. E contou da filha que foi morar em São Paulo, de como foi triste a infância e a juventude da minha avó. Que fez ela muito bem de largar aquele velho e fugir.

Eu não sabia disso até aquele momento. Achava que minha avó tinha ido para São Paulo tratar um problema de saúde e que, com a morte do marido, ela havia decidido ficar.

Filha de Raimunda, madrinha de minha avó, Bela vivia sozinha em Sítio do Mato. Quem não morreu, foi embora pra Brasília, Rio ou São Paulo. Ela repetiu algumas histórias já contadas pela minha avó. Nos convidou a passar uns dias na casa dela e a voltar quando a gente quisesse. Mas precisávamos ir à Lapa, conhecer Serra do Ramalho, quem sabe até a cidade da Barra.

15

GAROAVA QUANDO CHEGUEI. Desembarquei na estação Roosevelt, hoje chamada Brás, que o povo ainda conhecia por estação do Norte. Lembro de sair do trem e botar minha trouxa no chão sem saber aonde ir. Era muita gente passando, um barulho, uma fadiga. Chega encolhi o corpo todo, feito bicho que não reconhece o lugar. E agora, meu Deus? O que eu vim fazer aqui? Não era melhor estar no Mato?

Quando pensei que não, já tinha saído da estação, procurando um lugar pra ficar. Era gente que ia, gente que vinha e eu não tinha jeito de fazer uma pergunta a ninguém. Na rua, minha nossa! Era carro, era anúncio, era porteira abrindo, porteira fechando. Uma zonzeira.

Os primeiros meses em São Paulo foram de zonzeira. Se uma festa em Sítio do Mato me deixava sem ar, quando o povo todo ia pra praça, imagina nessa cidade desse tamanho. Tudo era grande. Tudo era rápido.

Na pensão onde fui morar, tinha gente chegando do Norte todo dia. Cada qual com uma história, com um desejo. Eu só fazia ouvir. Ouvia a história de cada pessoa que se dirigia a mim com atenção. E no bonde, na rua, ouvia até conversa de estranho. Cada pessoa um ensinamento. Cada história uma ideia de como eu podia viver dali pra frente.

Foi dona Diva, a dona da pensão, que me disse que a vidraçaria Santa Marina estava contratando. Uma firma muito boa. Soledad, uma espanhola bem séria, trabalhava lá e disse que podia me apresentar. Só precisava levar meus documentos.

No dia seguinte, bem cedinho, fui até a estação de trem perguntar a um policial como eu podia tirar documentos. Naquele tempo não era mesmo todo mundo que tinha. Meu coração gelou quando o escrivão do cartório começou a perguntaiada.

— Dia de nascimento?

— 24 de fevereiro.

— Ano?

— Os antigos diziam 1919.

— Você tem vinte e sete anos já? Nem parece. É casada?

— Não sou não.

— Vinte e sete anos e solteira?

— Eu disse vinte e sete anos? Não disse não.

— Se você nasceu em 1919, tem vinte e sete anos.

— Os antigos diziam que nasci em 1919. Mas não tenho isso tudo não. Eles deviam estar enganados. Eu tenho vinte e um anos.

— Vinte e um? Então o ano é 1925.

O moço ficou irritado com a cara de tonta que Deus me deu, só faltou me chamar de burra.

Quando pensei que não, tinha registro geral e carteira profissional. Fui fichada na Santa Marina como auxiliar de limpeza, porque não sabia ler nem escrever. Chegava sempre meia hora adiantada, fazia tudo o que a encarregada mandava e ainda mais. Só ouvia elogio do povo. Ganhava presente das operárias quase toda semana: uma saia que não servia pra uma, um sapato apertado pra outra. Eu só andava na rua muito bem-arrumada com o que elas me davam.

O salário eu guardava quase todo. Só gastava com o bonde e a pensão, com todas as refeições incluídas pra eu poder levar minha marmita. Vez ou outra eu comprava uma linha nova, um tecido ou uma revista com molde de bordado. Se o *véio* tinha guardado aquele dinheiro no Mato, eu ia guardar era muito trabalhando em São Paulo. Eu sabia que um dia ia poder comprar um terreno e construir minha casinha.

Quase nenhuma moça passava tempo na pensão. Eu já era a moradora mais antiga. Dona Diva me tratava com muito respeito. Eu nunca atrasei pagamento, deixava minhas coisas em ordem, tudo limpo e organizado. Dava bom-dia e boa-tarde a todo mundo e ouvia o que quisessem me contar. Mas não dava muita conversa pra ninguém. Liberdade demais é sobra.

Nunca me animei com festa, cinema e outras coisas que as meninas da pensão faziam. Em alguns domingos eu ia no Jardim da Luz. Que lugar bonito. Caminhava do Brás até a Luz pra não gastar com o bonde e poder olhar a paisagem. Às vezes, parecia que eu via Olavo andando na rua. Mas nunca era. Meu coração chegava a sangrar. De noite eu bordava. Era toalha, lenço, uma peça de roupa sem graça que alguém me dava.

Era uma vida que até parece besta. Só trabalho, ouvir história dos outros, bordar, caminhar, dormir. Mas, pra mim, era a melhor vida que alguém podia ter. Muito melhor que homem pra amolar, casa pra limpar, comida pra fazer. E saber que nada me prendia, que eu podia pegar minha malinha quando quisesse, sem dizer nada a ninguém, era uma alegria.

Vez ou outra eu via uma mulher ou um homem preto ser maltratado no bonde, na fábrica e até na pensão. Dona Diva, eu percebi com o tempo, não gostava muito de ter preto na casa dela. Eles atrasavam muito a pensão e eram meio esculachados. Mulher preta que deixa aquele cabelo de fuá não pode mesmo ser respeitada. Não há quem goste.

Eu estava sempre muito bem-arrumada, com o cabelo bem preso ou bem cortado, de brinco, colar e roupa boa. Nessa cidade, pessoa de cor precisa se arrumar muito bem e andar na linha. Tem que fazer tudo direito, ser muito educado e fino pro povo respeitar. Eu sempre me dei ao respeito.

16

UMA TONELADA DE CREME, PENTE, TRANÇA. Minha avó esticava os fios até o olho ficar puxado. Insistia que nosso cabelo ruim tinha que ficar sempre preso, sem nenhum arrepiadinho. Parte de mim concordava com ela, parte queria ter dinheiro para fazer escova no salão e brilhar com o liso, parte, ainda, queria deixar o crespo armado. Mas para a vó não importava o que eu queria. Importava a neta estar sempre arrumada e não parecer "essas neguinha".

O cabelo ruim estava sempre preso e as notas do boletim precisavam ser as melhores. Assim como os desenhos. Assim como eu deveria ajudar qualquer pessoa que precisasse de qualquer coisa, sem esperar recompensa. Era preciso fazer, sempre bem, e muito. Sem cansaço ou enrolação. Ser boa não bastava. Para não ser confundida com "as neguinha", minha vó exigia que eu fosse ótima. Em tudo.

Nas reuniões na escola, as professoras elogiavam a menina inteligente, rápida, respeitosa, solidária. Minha avó, minha mãe e tio Haroldo se orgulhavam. E de incentivo em incentivo fui ficando cada vez mais rígida. Um estado de alerta se fixou em mim.

O pai bicheiro não combinava. Mas sem levar o que era de um lugar para o outro, eu conseguia algum relaxamento na casa dele. A não ser que passasse um carro de polícia.

Pouco antes do meu aniversário de dez anos, meu pai se propôs a organizar uma festa. Uma festa grande, pela primeira vez. Eu adorava as festinhas pequenas que minha mãe fazia todo ano no apartamento da Cohab. Bexigas coloridas na sala, bolo duro com cobertura e recheio, pão com patê de sardinha, brigadeiro e muitas crianças. Mas fiquei animada com os planos de bufê, coxinha, decoração de isopor, lembrancinha.

A angústia expulsou a animação quando pensei nas amigas de escola no mesmo lugar que os amigos do meu pai. Simplesmente não podia acontecer. Aquelas meninas cujos pais saíam de manhã para trabalhar em boas empresas e ficavam em casa com as mães atenciosas não saberiam conviver com tanto bêbado, tanto barulho, tanto palavrão, tanta corrente grossa pendurada no pescoço.

Depois de uns dias sofrendo calada, eu tinha certeza de que a festa não poderia juntar todo mundo.

— Pai, tudo bem se você não convidar seus amigos?

Nunca mais se falou em festa.

17

MAS, MENINA, QUANDO COMECEI A TRABALHAR em São Paulo eu tinha mesmo férias. Uma vez por ano tirava vinte dias. A primeira vez que me disseram para eu sair de férias achei que estava sendo mandada embora. Consuelo, do administrativo, deu risada da minha bobagem de não saber que todo trabalhador com carteira assinada tinha vinte dias de férias, recebendo o salário, como se tivesse trabalhado, e mais um tanto pra gastar como quisesse.

Eu não sabia bem o que fazer se não fosse pro trabalho. Nas primeiras, pedi pra continuar trabalhando. E quase morri de alegria quando vi a fortuna que recebi, mais de dois meses de salário. Depois, fui ouvindo do povo o que eles faziam nas férias: uns visitavam parentes, outros ajeitavam ou mudavam de casa, iam no médico, tomavam banho de mar. Eu ainda estava pensando no que eu ia fazer nas férias quando Consuelo disse que ia sair no mesmo período pra visitar a família no interior. Me convidou pra ir com ela.

Em 1949, fui eu conhecer Pinhal, como o povo de lá chama Espírito Santo do Pinhal. Todo mundo me recebeu muito bem, mas demorei pra entender tudo o que aquela gente falava. Era governo, política, fábrica, greve, patrão, o tempo todo. Consuelo me explicou que ela aprendeu a ser anarquista com o pai e por isso era do sindicato e conversava sobre política na fábrica. Eu nunca gostei muito dessa conversa de greve. Trabalhador tem que trabalhar. Como vai ganhar, se não trabalhar? Mas Consuelo era boa, e a família dela também.

Eu ajudava a limpar, a cozinhar e eles insistiam pra eu passear a cavalo, ir ao cinema, nas festas da praça. Quando o pai da Consuelo percebeu que eu era analfabeta, deu uma bronca na filha. Ele falava enrolado, meio italiano, mas entendi que estava mandando me ensinar a ler. Naquelas férias eu aprendi a fazer massa de macarrão e assinar meu nome no papel com uma letra bonita: Apolinária Pereira da Silva.

No outro ano, a moça da limpeza me contou que trabalhava sempre nas férias, cobrindo o lugar de uma amiga, no Edifício Martinelli. Eu achava aquele prédio grande, no meio da cidade, a coisa mais linda. Naquele ano ela queria passear um pouco e perguntou se eu não queria trabalhar no Martinelli por vinte dias.

— Quero! E tu nunca vai se arrepender de ter me recomendado no teu lugar. Vou trabalhar bem, por mim e pela tua recomendação.

O trabalho era muito mais leve que na Santa Marina. Tinha que limpar o escritório de um advogado, que gostava de tudo brilhando, principalmente as janelas, e fazer o serviço de copeira. Preparar e servir o café, a água, manter a cozinha em ordem. Perto do que eu estava acostumada, nem parecia trabalho, era moleza.

Eu chegava bem cedinho, antes de todo mundo, e deixava numa limpeza só. Depois, vestia o uniforme de copeira e esperava o povo todo com um café quentinho. Como eu entrava muito cedo, umas duas ou três horas da tarde já estava dispensada. Mas eu ia fazer o que na rua? Achava chique ficar no Martinelli até a hora em que as secretárias iam embora. Descia junto com elas e andava pelas ruas encontrando aquele monte de gente elegante, bem-vestida. Parecia até que eu era igual.

Eu fazia questão de ir ainda mais arrumada pra parecer que era secretária ou telefonista em um daqueles prédios dali. Melhor que entrar e sair do Martinelli e só limpar as janelas. Do alto, dava pra ver a cidade todinha, um monte de formiguinhas lá embaixo. Do céu, cada qual é só poeirinha mesmo. Limpar a janela do Martinelli me ajudava a lembrar disso. Olhando do alto, ninguém nessa terra é importante.

Quando voltei das férias de 1950, começou uma conversa de voto na Santa Marina. O homem que fez a lei dos trabalhadores, Getúlio Vargas, era candidato a presidente. Consuelo, que era contra qualquer governo, falava que não era pra votar. As outras falavam que precisavam votar no Getúlio, que ele tinha feito bem aos trabalhadores e que agora mulher podia votar.

O dinheiro que eu guardava, a hora pra entrar e sair do trabalho, aquele respeito de ser uma pessoa com carteira assinada. Eu nem sabia quem era, mas gostava do Getúlio Vargas. E se eu podia fazer uma coisa por ele, eu queria fazer.

— Consuelo, eu quero votar no Getúlio Vargas, como eu faço?

— Votar, Polu? Para com isso. Entra no sindicato!

— Eu não quero nada com sindicato, Consuelo. Quero agradecer a esse Getúlio.

— Agradecer o quê, Polu? Ele não é bom assim como dizem.

— Consuelo, você é minha amiga e sabe dessas coisas: como eu faço pra votar nele?

— Você precisa tirar um título de eleitor. Mas só quem é alfabetizado pode votar no Brasil, Polu.

— E eu por acaso sou analfabeta? Se foi tu mesma quem me ensinou a assinar o nome. Me diz onde é que tira esse tal título que eu vou votar no Getúlio.

Nunca me arrependi de ter dado o único voto da minha vida pro Getúlio Vargas, o pai dos pobres, o único que já fez alguma coisa pelo povo. Quando a moça do cartório perguntou se eu sabia ler, eu tirei foi sarro da cara dela:

— E o que eu ia fazer aqui se não soubesse?

Assinei meu nome bem lindo, o que até hoje eu treino todo dia, e ninguém fez-se besta de duvidar da minha leitura. Nunca vou me esquecer, decorei bem o desenho do nome dele, e no dia 3 de outubro de 1950, votei no Getúlio Vargas. 1950. O último ano de paz na minha vida. Não até hoje, porque hoje vivo em paz. Mas de muito tempo.

18

SOBRE FAMÍLIA DE SANGUE, não consegui nenhuma informação nas viagens de 2005 e 2006. Mas, nos tons de azul de Bom Jesus da Lapa, encontrei o gosto da minha vó. O amontoado de enfeites à venda na frente da gruta do Bom Jesus e a caneca de alumínio sobre o filtro de barro em tantas casas eram o Velho Chico levado por ela. Nas histórias contadas a cada entrevista, eu conhecia um pouco mais do Brasil e da minha família.

O professor Geraldo Bastos, aposentado, foi apontado por muita gente como um profundo conhecedor da história da região. Nos recebeu em casa, ao lado de sua loja de materiais de construção. Contou dos dois mandatos como vereador pelo MDB durante a ditadura e também da fazenda que possuía, onde foram construídas as agrovilas.

— Eu fui pago com um valor que não conseguiria se fosse vender minhas terras. Não iria achar nem metade do dinheiro que o Incra me pagou — contou sobre a indenização. Afirmação oposta à de todos os outros fazendeiros que entrevistamos, que reclamaram do valor irrisório da indenização.

Com o dinheiro ele comprou um apartamento em Belo Horizonte, cidade natal de sua esposa, onde os filhos foram estudar mais tarde.

— Meu apartamento deve valer uns 100 mil reais, equivalentes a 355569,61 reais no final de 2024, e o dinheiro era suficiente pra comprar seis imóveis iguais a ele.

Para receber a indenização, o professor reuniu os documentos de posse emitidos para sua família em 1854, quatro anos depois da Lei de Terras, que determinou como propriedade do Estado todas as terras ainda não ocupadas. A partir daquele momento, essas terras precisavam ser compradas em leilões, mediante pagamento à vista.

Foram consideradas já ocupadas as propriedades da elite agrária, não as de pretos libertos, indígenas, pessoas pobres. As terras empossadas pela família Bastos foram regularizadas como propriedade privada. Pela primeira vez, ouvi que uma lei brasileira era racista.

— A Lei de Terras era um instrumento que respondia às necessidades dos grandes proprietários rurais daquela época: proteger as terras dos imigrantes e, principalmente, dos negros que estavam prestes a serem libertados — explicou o professor.

Os Bastos, assim como a maioria dos fazendeiros sertanejos, criavam gado nas fazendas onde, na década de 1970, foram construídas as agrovilas Nove e Dez. Antes da abolição, e até cerca de sessenta anos depois dela, com mão de obra escravizada.

— Meu pai ainda trocava o trabalho dos vaqueiros por comida — conta o professor, que assumiu a fazenda na década de 1950.

Um grupo de negras e negros libertos vivia, desde de pelo menos 1895, próximo à área onde foram construídas as agrovilas. Mas ali, na Barra da Empoeira, ninguém recebeu propriedade das terras. Nem mesmo depois do artigo 68 da Constituição Federal de 1988, que reconhece o direito dos remanescentes de quilombos à propriedade das terras.

Na Barra do Empoeira ouvi as histórias que busquei em Sítio do Mato e não encontrei, contadas por seu Nozinho, e sua esposa Angelina. Em 1895, sete anos depois de assinada a Lei Áurea, o avô de seu Nozinho se casou. Ele, a mulher e os oito filhos passaram a vida toda na Barra da Empoeira. A família criava algumas cabeças de gado, pescava, plantava para o próprio consumo e, uma semana por mês, trabalhava para os fazendeiros da região para pagar pelo uso da terra.

João tinha um caderno, onde registrava tudo o que achava importante: a data do casamento, do nascimento dos filhos, das cheias do São Francisco. Como não sabia ler ou escrever, ditava as informações para uma filha.

— Esse diário foi consumido na enchente de 1979. Agora só tem na minha cabeça — nos disse dona Angelina, aos sessenta e três anos de idade em 2005. — Uma neta dele segurava o caderno e não dava pra ninguém. Mas eu, toda vez que ia passear na casa dela, pegava e lia. Pedia pra trazer uma semana pra minha casa pra eu poder copiar, e ela não autorizava, só deixava eu ler ali.

Orgulhosa da própria memória, Angelina dizia e repetia:

— O primeiro filho dele era de 1896, outro de 1897, a avó de Baiano é de 1900, a mãe de Nozinho de 1903, José de 1905, a Ana de 1908, a Isabel de 1910 e o Joaquim Reinaldo, que era o caçula, de 1912. O São Francisco teve cheia em 1922, em 1945, em 1949. A minha leitura é pouca, mas eu gravei e sei responder. O Incra disse que se tivesse mais dez pessoas que soubessem esse relatório, ou achassem esse caderno, eles iam considerar aqui quilombola.

A data em que o avô de seu Nozinho plantou um pé de tamarindo na frente de sua casa não foi registrada no caderno. Mas as histórias da árvore e a grossura de seu tronco, com mais de um metro de diâmetro, ajudam a família a provar há quanto tempo está na região.

Em 1950, aos catorze anos, Nozinho saiu da Barra da Empoeira. Pegou um vapor, em Bom Jesus da Lapa, e desceu na cidade de São Francisco. Trabalhou como ajudante de pedreiro por seis meses, pegou uma jardineira até Montes Claros, e lá embarcou em um trem rumo a São Paulo.

Decidiu ir para o interior paulista trabalhar na roça. Chegou a Araraquara, onde conseguiu emprego na colheita de café. Angelina morava na cidade com a família. Depois de nove anos, Nozinho voltou para a Barra da Empoeira com Angelina.

Em 1959, Nozinho construiu uma casa de barro em uma ilha próxima ao pé de tamarindo plantado por seu avô. O lugar ganhou o nome de Ilha do Medo porque há muito tempo, quando Nozinho nem era nascido, moravam poucas famílias na grande extensão de terra, e andar pelo lugar vazio causava medo.

Entre 1974 e 1975, houve uma grande estiagem na região e parte do rio secou. A Ilha do Medo não estava mais separada de uma grande fazenda, que ficava na margem do São Francisco, e o fazendeiro decidiu tomá-la dos ribeirinhos porque toda a terra, até o rio, era dele. Com medo de que o gado da fazenda invadisse a área em que plantavam, os homens da ilha se revezavam na divisa das terras, formando uma cerca.

As cinquenta e duas famílias que moravam na ilha, ajudadas por um agente pastoral da igreja católica, conseguiram um documento em Brasília que garantia o uso da terra, o que era novidade na região. Nessa época, nasceu a ideia de se organizarem. E, em 1976, foi fundado o Sindicato dos Trabalhadores Rurais de Bom Jesus da Lapa. Nozinho se orgulha de mostrar a carteirinha de número 7 e de contar que foi o primeiro tesoureiro do sindicato. Em 2005, era presidente da entidade, posição que já foi de Angelina. Eu e minha amiga ficamos acampadas em uma sala do sindicato nos nossos dias por lá.

Durante a disputa com o fazendeiro, funcionários do Incra passaram na ilha cadastrando os habitantes e os convidando para morar nas agrovilas que seriam construídas na região, cerca de oito quilômetros pra dentro da caatinga depois da Barra da Empoeira. Alguns foram, mas Angelina e Nozinho preferiram ficar.

— Eles repetiam: "mais tarde vocês vão procurar e não vão achar terra pra morar". Aí meu marido respondia: "dali eu conheço bem, a água é tudo salgada" — nos contou Angelina.

Da Ilha do Medo, eles viam chegar os vapores com os ribeirinhos da região de Sobradinho. Angelina vendia verduras em Bom Jesus da Lapa e conversava com os moradores. Durante a cheia de 1979, a Ilha do Medo desapareceu e o casal foi, com os oito filhos, para a cidade de Bom Jesus da Lapa. Voltaram para a ilha quando a água baixou e, em 1982, negociaram um lote na Barra da Empoeira.

Alguns colonos, além da casa na agrovila, tinham o direito de usar um lote para plantar na beira do rio. Um deles queria ir para São Paulo porque a mulher ficara doente com a água salgada da agrovila. Nozinho e Angelina compraram o direito de uso do lote que fica a cerca de quinhentos metros do pé de tamarindo.

Em Serra do Ramalho ouvi as histórias de quem chegou das cidades que seriam alagadas. E de lá fomos a Barra, tentar mais entrevistas. Como era costume, pedimos abrigo na diocese da Igreja católica. Sempre pedíamos hospedagem nos sindicatos de trabalhadores rurais ou igrejas porque não tínhamos dinheiro para hotel ou pousada. Irmã Irene, que nos recebeu, carregava um molho de chaves barulhento e ficou preocupada com as duas meninas desalojadas.

— Vou consultar o frei, mas ele é muito bravo.

Voltou com a autorização para que passássemos ali quantas noites desejássemos e fizéssemos todas as refeições com eles. Recomendou que participássemos do terço diariamente, às seis da tarde.

No momento da oração diária, encontrávamos o frei, como o chamava irmã Irene, dom Luís Flávio Cappio, bispo da Barra, que tempos depois recebeu grande atenção da imprensa pela greve de fome iniciada em 26 de setembro de 2005, dois meses depois de nossa visita, até 5 de outubro do mesmo ano. Ele estava na cidade de Cabrobó, em Pernambuco, e protestava contra o projeto de transposição do São Francisco, exigindo a revitalização do rio. O jejum foi interrompido após acordo com o então ministro Jacques Wagner. Em 2007, com o acordo descumprido e as obras da transposição iniciadas, dom Luís Flávio fez nova greve de fome, que durou vinte e dois dias. A transposição aconteceu, mas não sem que as pessoas soubessem da oposição dos ribeirinhos e ribeirinhas.

Visitamos muitas casas que, à beira do rio, precisavam de cisternas para terem água o ano todo. E quase trinta anos depois de as pessoas terem saído de suas casas para a construção de uma hidrelétrica, a energia finalmente chegava, por meio do programa Luz para Todos, criado em 2003 pelo governo Lula.

19

EM 1951, CONHECI O SABINO. Ele chegou com a mãe e três irmãs pra morar na pensão da dona Diva. A mãe dele, dona Judite, era uma loira de olho azul, azul... Que bonita! Muito educada, eles diziam que ela era de uma família rica de Pernambuco, mas que largou tudo pra fugir com o pai dele, um preto pobre. Bonita e burra a dona Judite. Foram pro interior de Alagoas, também na beira do São Francisco. E quando o pai morreu, vieram pra São Paulo. Nenhuma das filhas puxou o olho dela, nem Sabino. Mas todos os quatro saíram morenos, mais pra brancos. A mais nova, surda-muda, era branca que ninguém dizia ter sangue de preto.

Quem puxou conversa comigo foi Carmem, a filha mais velha. A outra, Lúcia, era mais calada. E a pobre da Soraia até tentava falar, mas não conseguia. Sabino era sempre calado, observador. Mas muito educado.

Todos os quatro liam e escreviam bem, tinham frequentado a escola primária. Não demorou pra Sabino conseguir trabalho num escritório. Levei Carmem na Santa Marina e ela conseguiu emprego como operária. A velha não sabia como me agradecer pelo emprego bom que eu tinha arrumado pra filha.

Tinha isso, mas tinha também uma coisa estranha de ela simpatizar comigo. Nem sei a razão. E foi ela quem deu a ideia um dia:

— Domingo você vai naquele Jardim da Luz, Polu? Leva Sabino com você. Ele não conhece nada em São Paulo e ainda é tímido pra fazer amizade.

Eu? Convidar Sabino? Não era e não sou mulher pra isso. Ele até podia ser um homem bonito, mas eu não estava interessada em homem nenhum. Ainda mais eu convidando pra passear. Faz-se besta! Desconversei e comecei a ficar menos tempo na sala e na copa da pensão, pra criar menos conversa.

Mas umas semanas depois o Sabino, sem mais nem menos, levou uma flor e uma bala pra mim. Tomei um susto. O danado me pediu em namoro. Que ousadia. Sem nunca ter conversado comigo, aquele menino, recém-completado vinte anos, me pedir em namoro. Eu fiz foi rir. E ele avançou e me lascou um beijo. Que abusado. Ralhei com ele e fui pro meu quarto. Mas achava graça quando lembrava do menino.

Numa noite, na madrugada mesmo, ouço uma batidinha na porta do meu quarto. O coração chegou a saltar, pensei que era dona Diva precisando de alguma coisa. Mas era Sabino. Deixei ele entrar pra ninguém me ver de madrugada com homem no corredor. O cabra apagou a luz e foi logo me beijando, passando a mão no meu corpo, de um jeito afoito que fazia graça. Fiquei animada, não posso dizer que não. E dali a pouco tava pegando fogo com aquele rapaz de braço forte. Moça eu já não era mesmo, que mal tinha me divertir?

E assim, duas, três vezes na semana, eu recebia Sabino no meu quarto e expulsava ele da cama antes de derramar qualquer líquido em mim. Eu não era doida de pegar barriga de moleque. E quanto menos ele ficasse, menos iam desconfiar. A vida seguiu assim por quase dois anos, com as visitas que aumentavam numas épocas, diminuíam em outras, mas que nunca eram motivo pra reclamação.

Até que, em setembro de 1952, minha regra não desceu. Eu senti meu peito inchado, dolorido, um enjoo de manhã. Tinha criança no meu bucho. Mas como, meu Deus?, eu pensava. Ele nunca derramou uma gota de nada dentro de mim. Nunca não, tudo bem. Uma vez ou duas. Mas fazia tanto tempo. Como eu podia ter engravidado?

O desespero que eu senti passou quando lembrei que tinha dinheiro guardado, um emprego e mais de trinta anos, apesar de o documento dizer que eu tinha menos. Já estava ficando velha e, se não tivesse outro filho naquela oportunidade, talvez não tivesse em outra. Quando pensava que a criança podia ter o olho da avó, meu coração pulava de alegria. E foi nessa alegria que, numa noite, no jantar, eu convidei Sabino para ir pro Jardim da Luz no domingo.

— Domingo, Polu? Não posso.

Quando viu minha cara de decepção, dona Judite foi rápida:

— Domingo ele vai na casa da namoradinha que ele arrumou no trabalho, Polu.

Namoradinha? Como namoradinha? Tive muita raiva. Veio uma tontura, um mal-estar. Larguei o prato na mesa e fui pro quarto. Nem me preocupei em disfarçar. Dona Judite foi atrás de mim, sentou na cama e perguntou o que estava acontecendo.

— Não está acontecendo nada, dona Judite.

— Nada, Polu? Não é aqui que Sabino vem quase toda madrugada? Você está grávida, Polu?

Eu não tive coragem de responder que sim, mas também não neguei. Dona Judite disse que o filho dela era um menino, mas que eu era mulher feita. Como tinha deixado isso acontecer? E quando eu estava preparada pra ouvir berro, xingamento e injúria, ela segurou minha mão e disse que o filho dela casaria comigo. Por bem ou por mal.

Casar? Minha cabeça zoava tanto que eu não conseguia mais conversar. Eu não queria casar. Eu era casada. Bom, no papel eu não era, mas na verdade eu era. Mais fácil cuidar sozinha da criança sem dar satisfação a ninguém. Eu podia inventar uma história no trabalho, ou inventar uma história depois de mudar de trabalho. Mas casar com Sabino não me parecia uma coisa boa.

— É o certo, Polu. O certo é casar. E Sabino vai ter que casar com você!

20

CAMA DE BALEIA: quando a água de Sobradinho tomou o sertão foi o título do livro-reportagem que apresentamos, ao final de 2006, para a conclusão do curso de jornalismo. No início do ano, outras duas amigas se juntaram ao projeto, uma delas fotógrafa. Filmamos as entrevistas daquele ano em miniDV. E publicamos um livro colorido em papel couchê fosco com nossos textos e imagens.

Voltamos juntas outras duas vezes para o rio São Francisco de ônibus, uma delas em uma viagem com duração de quarenta horas entre São Paulo e Juazeiro, na Bahia. Os custos de alimentação eram sempre baixos e os de hospedagem, nulos. Pegamos carona em barcos, caminhões, carros e até ambulância. Éramos seguidas pelas crianças quando chegávamos, as quatro, com mochilões nas costas. Vendemos rifas de cachaça para pagar os custos das fitas miniDV e da impressão de exemplares do livro.

Lygia Maria Sigaud, uma das maiores antropólogas do país, que viajou do Rio de Janeiro a São Paulo para nossa banca de avaliação, nos disse que não sabia se éramos boas jornalistas, mas certamente éramos excelentes etnógrafas.

Tínhamos o plano de fazer uma nova viagem em 2008, para levar os livros às cidades que visitamos e mostrar as imagens para quem entrevistamos. Também pensamos em reeditar o livro e tentar publicar por uma editora. Mas, em janeiro de 2008, engravidei do meu primeiro filho e tirei a atenção do Velho Chico. Naquele mesmo ano, o então namorado de uma amiga fez uma viagem por todo o São Francisco e levou uma cópia do livro. Reencontrou alguns dos entrevistados e contou da mudança na minha vida. Obrigada, Marcão.

Catorze anos depois, em 2022, propus à minha família voltarmos a Sítio do Mato para que minha mãe conhecesse a terra de sua mãe, meus filhos e filha conhecessem o lugar de onde veio a bisavó, e que eu fizesse uma busca documental da nossa origem familiar para a escrita de um livro. Fomos os cinco, mais o pai dos meus filhos, que ainda era marido, em um carro de sete lugares, alugado.

21

ESTAVA EU MAIS UMA VEZ em um altar de igreja respondendo sim a um homem que eu não sabia se amava. A barriga ainda não aparecia. Mas eu notava no padre uma estranheza em ver aquele rapaz tão jovem casar com uma mulher como eu. Dona Diva fez questão de oferecer um almoço para nós dois, as irmãs, a mãe dele e Consuelo, com quem tive a alegria de poder contar nos momentos de agonia.

O dinheiro que eu tinha guardado deu pra pagar a metade de um lote na Vila Gustavo, bairro da Zona Norte, mais afastado do centro. O combinado foi ir pagando por mês até quitar o valor completo do terreno. Antes de marcar a data do casamento, ele conseguiu subir um barracão de madeira no nosso lote, pra gente ter onde morar antes de construir uma casa.

Foi tudo rápido, embolado, mas não parecia ruim. Compramos uns móveis de segunda mão com o dinheiro que Consuelo arrecadou na Santa Marina como presente de casamento: cama, colchão, mesa de duas cadeiras, uma panela e um bercinho. O que me deixou feliz é que tinha terra pra plantar. Saí nos vizinhos pedindo muda pra minha horta e fiquei feliz quando mexi na terra. Quantos anos sem pegar terra com a mão. E quantos anos sem cozinhar. Ajeitei um fogãozinho de tijolo e voltei a fazer minha comidinha simples todo dia.

Da Vila Gustavo até a Santa Marina eram dois ônibus. Demorava quase duas horas pra ir, quase duas horas pra voltar. Como ia ser depois que a criança nascesse?

— Quando a criança nascer você fica em casa cuidando de tudo, Polu. Sou seu marido, eu trabalho e vou sustentar a casa.

Com o tempo, eu e Sabino fomos pegando amizade. A gente conversava, dava risada, e namorava. Até muitas vezes, quase todo dia. No fim de semana a gente voltava na pensão pra visitar a família, até eu já estar com a barriga grande.

Quando começou o trabalho de parto, aquelas dores fortes de tempos em tempos, ele saiu para chamar a parteira. Eu sabia o que era, como era, e que ia ser rápido. Quando os dois entraram no quarto, o menino já estava no meu colo.

— É um menino, Polu! É um menino! Haroldo é o nome dele.

Sabino ria e chorava enquanto a parteira esperava a placenta. Botei o menino no peito pela primeira e última vez. No dia seguinte fomos no posto de saúde pro médico ver a criança. A enfermeira deu pra gente uma lata de leite Ninho, pro meu filho crescer forte e saudável.

Eu, que não tinha contado pro Sabino que já era mãe, senti um alívio por meu Haroldo ter um leite mais forte. O medo que escondi a gravidez toda, de perder o nenê no meu braço, passou na hora que recebi a lata de leite abençoada.

Haroldo foi crescendo forte, bonito, esperto. Sabino saía cedo pra trabalhar e eu cuidava da casa, das roupas, da comida, do menino. Tinha tempo pra bordar de tarde outra vez, entre uma mamadeira e outra. No começo, Sabino jantava em casa toda noite e era carinhoso comigo antes de dormir. O tempo foi passando e ele foi chegando cada vez mais tarde. E, de repente, não voltava mais pra casa toda noite. Quando voltava, queria namorar com uma brutalidade que de jeito nenhum era boa pra mim. O carinho que tinha com Haroldo foi diminuindo. E as latas de leite começaram a minguar. Do jeito rápido que viramos uma família, deixamos de ser. Quando pensei que não, estava sozinha em casa com uma criança, sem saber se ia ter o que cozinhar no dia seguinte, sem saber se ia ter o leite da mamadeira.

Eu que não ia esperar pra ver. Amarrei meu filho no corpo com um lençol e saí pelas casas e pelo comércio me oferecendo como lavadeira. Em três dias já tinha o dentista, a mulher do açougueiro e três lojistas como fregueses. Era trabalho demais pra quem puxava água do poço. E pra passar, no ferro a carvão, a roupa alvinha do dentista? Era mesmo uma dificuldade. Mas quando a roupa voltava limpíssima e bem passada, a freguesia me pagava feliz. E leite forte pro meu filho nunca faltou.

Sabino vinha quando queria. Quando Haroldo tinha pouco mais de um ano, peguei barriga outra vez. Sabino trouxe uma garrafada pra eu tomar, porque não era hora de ter outra criança. Eu tomei no primeiro dia, mas deixei de tomar. Se era pra eu ter outro filho, que tivesse. Quem sabe a criança trazia aquele homem de volta pra casa?

Com a barriga crescendo, era mais difícil lavar aquele tanto de roupa. Mas Sabino não trazia mais nada pra casa. Só o terreno ele continuava pagando. Ficou zangado quando percebeu que eu não tomei o remédio. Gritou tanto que chegou a levantar a mão pra mim.

E, numa noite quente, nasceu minha filha Aparecida.

Quando ela completou dois meses, Sabino avisou que não voltava pra casa nunca mais.

22

DOIS MESES ERA O MEU TEMPO DE VIDA quando meu pai saiu de casa. Os exatos dois meses que tinha minha mãe quando o pai dela saiu de casa. Até mudarmos para a Cohab, quando eu tinha três anos, fomos vizinhos. Ele voltara para a casa da vó Maria, mãe dele, no mesmo quintal da dona Iria, a portuguesa de quem ele e minha mãe alugaram a casa em que moraram juntos. Vó Polu e tio Haroldo moravam no sobrado da frente, no mesmo quintal. Antes do casamento, ali mesmo, meus pais haviam sido vizinhos por dez anos.

Meu quarto tinha um sol amarelo bordado por minha mãe, e a cama dela tinha uma colcha de crochê colorida também feita por ela. Não lembro do quadro nem da colcha na casa, mas eles aparecem nas inúmeras fotos que minha mãe fez nos meus primeiros anos de vida. Quando ela saía pra trabalhar, perto das cinco horas da manhã, ainda estava escuro. Ela me deixava no sobrado, com vó Polu e tio Haroldo, que ainda penava com o alcoolismo.

Lembro do sofá de couro caramelo, das galinhas ciscando na varanda azulejada e da voz de Gal, cantando "Chuva de prata" na televisão. Era de tarde, tenho certeza, quando me dei conta de que vó Polu estava gritando com tio Haroldo porque ele estava bêbado de novo.

Meu pai me pegava pra almoçar na vó Maria, que me deixava brincar com as latas de mantimentos. Eu passava as mãozinhas pelo arroz, depois pelo feijão e a sensação era boa. Tio Mané me levava pra uma volta de carro, tia Rita pra passear pelo bairro, dona Nuiza, como eu chamava a vizinha Luiza, me convidava pra passar a tarde com ela e me ensinava a repetir que ela era da realeza.

Quando minha mãe completou trinta e dois anos de idade, pegou o dinheiro que havia guardado trabalhando em inúmeras férias, mais os décimos terceiros salários e tudo o que economizara mês a mês e deu entrada em uma casa no Jardim Brasil, bairro vizinho. Uma casa não, duas. A da frente, onde morariam vó Polu e tio Haroldo, a de trás, onde moraríamos nós duas.

Em poucas semanas a casa foi colocada à venda. Quando chegaram para preparar a mudança, encontraram vestígios de que usuários de drogas tinham passado por ali e ficaram inseguros. O dinheiro não dava pra comprar nenhum outro imóvel. Até que alguém disse que era possível comprar um apartamento na Cohab de alguém que tivesse sido sorteado e assumir as prestações restantes. Foi assim que nos mudamos para a avenida do Poeta, 595, apartamento 31A.

Quando eu acordava, minha mãe já tinha ido pro trabalho. De noite, enquanto ela faxinava um cômodo do apartamento por noite, me tomava a tabuada e conversava sobre o dia. Algumas vezes recebia crianças do prédio com dificuldade na escola e ajudava a estudar pra prova.

Eu fazia todas as refeições com a vó e o tio. Pedia bênção antes de dormir. E quando fazia alguma malcriação, levava uns tapas da vó. Uma vez, achei uma boa ideia dizer pra ela que aqueles tapinhas não doíam. Ela bateu com força. Eu repetia que não estava doendo e perguntava se aquilo era tudo o que ela conseguia.

— Eu vou parar de te bater, pra não te matar, diacho.

Não via mais meu pai todos os dias. Mas ele sempre me buscava aos finais de semana ou me levava pra escola na quarta-feira se tinha alguma atividade extra. Para as aulas de jazz e datilografia, no centro comunitário da Cohab, eu ia sozinha. Mas em períodos de natação e vôlei, na escola, meu pai me levava.

Roda de samba, futebol de várzea, candomblé, churrasco, escola de samba. Quando começou a namorar de novo — a única namorada a quem fui apresentada, aos cinco anos de idade —, passamos a ir com frequência para Marília, no interior, onde ela morava. E, menos de dois anos depois, fui dama de honra no casamento, antes de ela se mudar para São Paulo. Primeiro moraram na Vila Gustavo, depois em uma casa na Vila Medeiros, depois outra, no fundo do bar que meu pai comprou quando saiu do jogo do bicho.

— Meu filho estudou administração de empresas, não essa administração — dizia vó Maria, mencionando o curso técnico do meu pai ao lamentar o envolvimento dele com o jogo do bicho.

— Por que você não sai do jogo do bicho, pai?

— Quem entra não sai, filha.

Então fiquei mesmo espantada quando ele comprou um bar onde passou a trabalhar todos os dias depois que saiu do jogo do bicho. Ele não tinha mais dinheiro pra pagar minha escola, ônibus escolar, natação. Minha mãe assumiu tudo.

23

ESTAVA EU NAQUELE BARRACO DE MADEIRA com uma criança pequena e um bebê de colo. Sem minhas economias, que tinha dado no terreno. E, se Sabino não pagasse a parcela, ainda corria o risco de perder era tudo. A menina nunca teve leite forte. O dinheiro não dava mais. Ela mamava no peito. Haroldo já comia o que tivesse na mesa. Quando os dois choravam de noite eu achava que ia ficar doida. Sem dormir, lavando e passando roupa pra fora, cuidando sozinha daquelas duas criaturas de Deus, eu achava que ia morrer logo.

Vez ou outra uma vizinha aparecia com água puxada do poço, pra me ajudar, pra ficar com Aparecida no colo, pra levar Haroldo pra brincar na rua. Carmem e dona Judite também apareciam trazendo comida e roupinha de criança. As duas tinham vergonha do que Sabino tinha feito, e nunca abandonaram a mim nem às crianças.

Em uma das visitas de Carmem, pedi para que ela levasse meus bordados tudo pra vender na Santa Marina. As meninas lá gostavam muito de mim, iam pagar um preço melhor do que se eu tentasse vender na rua. Encheu foi uma sacola grande de toalha de mesa, toalhinha de mão, lenço, pano de prato. No outro domingo, Carmem voltou com um dinheiro bom, de quase um mês de trabalho. Com aquela economia, eu conseguia dormir mais sossegada. Se eu ou uma criança caísse doente, pelo menos de fome a gente não morria.

Os dois foram crescendo com saúde. Nunca me faltou trabalho. Mas eu já não era mais a Polu bem-arrumada que gostava de ser. Vivia com aquela roupa molhada, o cabelo desgrenhado, toda maltratada. Que destino, meu Deus.

Aparecida já tinha cinco anos e Haroldo, sete, quando o dentista, meu melhor freguês, me dispensou. Ele ia fechar o consultório na Vila Gustavo pra trabalhar no interior. Elogiou muito meu trabalho e disse que me recomendaria de bom grado pra qualquer pessoa. Do dentista vinha sempre um dinheiro bom, mais do que os outros me pagavam. Fiquei desacorçoada.

Em vez de arrumar mais freguês pra lavar roupa, pensei em procurar emprego em alguma casa de família. Puxar aquele tanto de água estava acabando com as minhas costas. Uma casa pra cuidar, com roupa de uma família só, podia ser mais sossegado e o dinheiro era certo todo mês.

Naquela noite mesmo pensei em conversar com a vizinha que era mais minha amiga, pra perguntar se ela cuidaria dos meus meninos junto com os dela, por um dinheiro, se eu arrumasse trabalho fora. Deixei meus meninos dormindo e corri pra espiar se ainda tinha movimento na casa. Quando vi a luz acesa, bati na porta e chamei. Ela abriu e eu vi a cena mais nojenta que um ser humano podia ver. Sabino estava dentro da casa dela. O cabra não via os filhos, não dava notícia, não trazia um dinheiro. Mas estava na casa da vizinha.

Depois descobri que as visitas que ele me fazia na pensão, ele fazia igual na casa da vizinha. Começou quando mudamos pra Vila Gustavo e continuou depois que ele foi embora de casa. Xinguei os dois de todo nome que consegui lembrar.

Nesse tempo, comecei a beber. Era muito desgosto e muito cansaço. Eu comprava as garrafas de pinga e deixava debaixo da piazinha da cozinha. No começo, bebia um traguinho. Depois, não conseguia mais controlar. Ficava bêbada quase o dia todo e fui parando de dar conta das roupas, das crianças. Quando pensei que não, já não tinha mais freguês nenhum, minhas crianças ficavam sujas, largadas e comiam qualquer bobagem que um vizinho dava. Foi um tempo terrível aquele. Não gosto nem de lembrar.

24

TIA GUIDA ME LIGOU CONVIDANDO pra almoçar com ela. Não era sábado nem domingo. Ir à casa dela durante a semana, em uma segunda-feira, era algo inusitado, mas tio Haroldo me levou.

Cheguei cedo e ela foi me orientando: picar a cebola e o alho pra temperar o arroz, o feijão e o bife, refogar tudo prestando atenção à textura e à cor, deixar o arroz quase fritinho antes de colocar a água fervente, ajeitar a salada.

E então fomos as duas, meio quarteirão à esquerda da casa dela, convidar meu pai pra almoçar com a gente. Ele sorriu com a surpresa. Elogiou a comida. Mas estava quieto. Ficou orgulhoso quando ela contou que eu tinha feito o almoço.

Nas semanas seguintes, ele foi ficando cada vez mais quieto, os adultos contaram depois. Em um domingo, saí da missa das nove com a minha mãe e pedi pro tio Haroldo me levar à casa dele. Dei oi pro Gomes, que trabalhava no bar, na frente da casa, e corri pra bater na porta da sala. Chamei, chamei, chamei de novo. Nada.

Peguei a escada que ficava apoiada em um ponto do quintal e coloquei debaixo da janela do quarto dele. Forcei a madeira e entrei. Quando vi que o cigarro que ele fumava já estava no final, até esqueci de abrir a porta pra minha mãe, que esperava do lado de fora. Ele estava ouvindo. Só não quis abrir.

Cozinhar para quem amo é importante pra mim. Graças à tia Guida, pude cozinhar para o meu pai.

25

DONA HILDA, UMA MULHER BOA que morava ali do lado, viúva, com os filhos maiorzinhos, veio um dia me dizer que daquele jeito eu ia perder o barraco, o lote e meus filhos. Ela chorou comigo, disse que sabia como era difícil se ver sozinha no mundo com criança pra cuidar. E se ofereceu, de bom grado, pra cuidar de Haroldo e Aparecida pra eu procurar emprego em casa de família.

Ela estava com a razão. Tinha passado da hora de retomar o plano de trabalhar na casa dos outros. Um emprego, com alguém me olhando, também ia me ajudar a largar a bebida, além de pôr dinheiro certo em casa todo mês. Combinamos que quando eu estivesse recuperada, ia pagar salário pra ela cuidar dos meus meninos.

No primeiro dia que saí em busca de trabalho, os bichinhos choravam, ê em. Nenhum dos dois tinha se separado da mãe nunca. Eles achavam que eu estava indo embora e demoraram muitas vezes, eu indo e vindo, pra entender que a mãe sempre ia voltar.

Largar a bebida não foi difícil como ouço o povo dizer que é. Sempre fui muito determinada. Pra sair de casa eu fazia questão de me arrumar melhor. Cortei o cabelo bem curtinho, pra ficar mais controlado. Vestia as roupas do tempo da Santa Marina, aquelas que ainda serviam. Usava brinco e colar. Sair andando sozinha fazia bem pra minha alma.

Fui pelo comércio, pelas casas de família, pelas igrejas procurando quem precisasse de doméstica. Levou mais de uma semana até chegar na loja de material de construção do seu Tanaka. Muito educado, ele me levou na casa dele pra conhecer dona Lela, sua esposa, uma alemã do olho azulzinho, igual ao da dona Judite. Lela cuidava sozinha da sogra, da casa grande, de duas filhas solteiras e das três casadas que apareciam com os filhos quase todo dia. Lavava, cozinhava, limpava. Quando apareci, seu Tanaka achou que seria uma boa ajuda pra mulher trabalhadeira, que já não era mais menina. Mas Lela achava que não precisava de ajuda.

— Muito obrigada, dona Pilu. — Até o fim da vida ela me chamou de Pilu. — Mas eu mesma cuido daqui. Trabalho bastante desde criança. Minha mãe tinha uma pensão e sobrava trabalho para todo mundo. Só minha família é pouca gente, comparado com a quantidade de pessoas que eu já servi. E agora nem tenho criança pequena. Me viro bem sozinha. Boa sorte pra senhora.

Mais um não. Mas gostei daquela mulher simples, daquele homem respeitoso, daquela casa alegre cheia de gente. Ele japonês, ela tão loirinha, os filhos e netos tudo misturado. Uma gente simples que me recebeu com respeito, como se eu fosse igual a eles, sem soberba, nem pabulagem. Agradeci e já estava de saída quando Lela me ofereceu um café e um bolo. Nunca vi isso. Aceitei, envergonhada, não só porque queria passar mais tempo com eles, mas porque já estava com fome naquela hora da tarde, sem ter mastigado nada desde que saí de casa.

Lela me disse pra sentar à mesa, fez o café, me entregou a fatia de bolo e sentou do meu lado para comer também. Perguntou se eu era casada, se tinha filhos, com quem tinham ficado as minhas crianças. E vi naquele zoinho azul que sentiu pena. Eu não tive raiva, como tenho de outras pessoas que mostram pena de mim. Parecia que Lela tava me abraçando naquele olho dela. Sei mesmo que foi por piedade que ela mudou de ideia e me deu trabalho.

— A condição é que você traga seus filhos com você, todos os dias. Você trabalha, eles vão para a escola, e quando voltarem, te ajudam. Sua menina pode brincar com os meus netos e ajudar a cuidar deles. E seu menino pode ajudar o Tanaka na loja e ir aprendendo a profissão.

Já estava na hora de Haroldo ir pra escola mesmo, mas isso ainda nem tinha passado pela minha cabeça. Agradeci muito. Primeiramente a Deus, depois a dona Lela. Só podia ser coisa de Nossa Senhora Aparecida e dos meus orixás um alento desses. Meus filhos, sendo criados em uma casa de verdade, com educação de gente que era mesmo educada. E escola. Eu tinha que agarrar a oportunidade com toda a força. Por mais de quinze anos fui a melhor empregada dessa terra.

Nunca quis férias, nunca faltei no trabalho, nunca reclamei de nada. Fazia o que me pediam com um sorriso no rosto, e sempre tentava me adiantar pra que não precisassem pedir. O salário não era muito, mas perto do que os meus filhos tinham com aquela gente, valia mais do que ouro.

Na loja, Haroldo aprendeu a fazer conta, atender os outros, se virar com tudo o que era conserto. Na casa, Aparecida aprendeu a limpar, cozinhar, cuidar de criança e pegar gosto pela leitura. Dona Lela, as irmãs e filhas dela sempre davam um livro pra menina ler, levavam até em teatro, show, cinema. Eles ficavam impressionados que Aparecida conseguia ler o jornal em inglês. A danada pegava a oportunidade de aprender naquela casa e ia bem na escola, nunca deu trabalho. O dinheiro era pouco e não dava pra comprar todo o material pros dois. Haroldo, que era o homem, tinha prioridade. Se tinha dinheiro pra uma borracha, era pro Haroldo. Se faltava caderno pra um, Aparecida podia ficar sem. Porque o homem é que precisa ser estudado pra ter respeito e dar uma vida boa pra família. Mulher vai se virando como Deus deixa e vai casar um dia. O diacho é que Haroldo não gostava da escola e só dava trabalho. Repetia de ano, sempre tinha reclamação da professora. Eu batia nele de tirar sangue das costas. Depois ainda botava sal e vinagre, que era pra arder. Tinha que aprender. Mas não adiantava. Quanto mais eu batia, parece que pior ele ficava.

Sem mais nem menos, um oficial de justiça bateu na minha porta um dia de manhã. Disse que eu tinha que comparecer no juiz. Pedi explicação a dona Lela, que disse que o Sabino queria a guarda dos meus filhos.

O catrumano caiu no mundo, nunca quis saber se os meninos estavam vivos ou mortos e depois queria tirar eles de mim? Fiquei doida. Se aquele infeliz tirasse meus filhos, duvido que ia cuidar deles direito. Ia largar os dois no mundo. Sabe Deus o que iam virar. Rezei pra Deus ter compaixão e procurei uma mãe de santo que tinha ali na Vila Gustavo. Nunca tinha procurado por ela porque povo de santo não é muito respeitado. Mas, na emergência, eu pedir sozinha podia não bastar.

No dia de ir pro juiz, me arrumei melhor do que nunca. Arrumei os dois também. E fui com confiança de que a justiça seria feita. Xangô não ia permitir que o traste levasse meus filhos. Quando o juiz ouviu a história completa, disse que não acreditava como Sabino tinha coragem de abandonar o lar com um bebê de dois meses e ainda pedir alguma coisa. Falou que a guarda dos dois era minha e ainda obrigou o safado a pagar 30% do salário dele pra mim, todo mês. Abri conta no Banco do Brasil pro dinheiro cair. *Kaô!*

A pensão de Sabino era quase a mesma coisa que meu salário. Do dia pra noite, eu ganhava o dobro. Dava pra sair daquele barraco de madeira que chovia dentro. Vendi o lote a preço de banana e aluguei uma casinha de quintal. Na Vila Gustavo era tudo muito caro, então mudamos um pouco mais pra longe, na Vila Medeiros. Aluguei uma casa da dona Iria, que tinha um monte de casinhas no mesmo quintal. Tinha água encanada, um quarto e cozinha, mais um banheiro do lado de fora pra dividir com os outros. Até que ajeitamos a casa bem ajeitadinha. E com o dinheiro do lote, eu comprei um rádio.

Uma vez, Haroldo apareceu em casa com um relógio. Disse que tinha achado na rua. Eu fiquei doida. Se não cuida nessa hora, é aí que vira ladrão. Eu bati nele, mas bati, mas bati. E mandei devolver, no dia seguinte, pro dono. Ele repetia que tinha achado na rua, então eu mandei pôr no lugar onde achou. Se a vida de pobre já é difícil, pense na vida de pobre bandido.

— Quer ir pra cadeia, desgraçado? Tu quer ser bandido e apanhar de polícia?

Eu gritava e batia mesmo, com vara. Filho ladrão eu não ia ter. Melhor eu bater que a polícia. O infeliz sumiu com o relógio de casa e nunca mais apareceu com nada dos outros.

Aparecida aprontou uma também. Chegou em casa com um folheto de missa.

— E tu pode trazer pra casa o que não comprou com o seu dinheiro? — Ela dizia que pegou pra ler depois, mas eu não queria saber. Levou uma surra e voltou na igreja no dia seguinte pra devolver o papel e pedir perdão a Deus. Pobre tem que ser honesto. Pelo menos dignidade a gente precisa ter.

Lela dizia que eu era muito rígida. Que Haroldo era assim calado, sempre olhando por baixo, de tanto medo que sentia. Eu nem argumentava. Filho dela, se crescesse vagabundo, era a mesma coisa que crescer na linha. Filho meu, crescendo na linha já ia ter vida dura, imagina se desviasse do caminho direito. Eu ouvia, concordava com a cabeça, mas seguia fazendo do meu jeito. Mais tarde ele me deu trabalho. Mas nunca foi chamado de bandido ou foi pra cadeia, graças a Deus.

26

A CADEIA QUE SEMPRE TEMI PARA MEU PAI foi destino do meu irmão. Entre casar pela segunda vez e sair do jogo do bicho, meu pai teve um menino, quase nove anos mais novo que eu. Quando comprou o bar, a esposa dele trabalhava lá também. No fim de semana, quando não tinha escola, deixava a criança pra minha mãe cuidar. A Cohab toda achava aquilo bizarro. Minha mãe achava que era papel dela ajudar.

Durou pouco. A mãe do meu irmão decidiu voltar com ele para Marília, onde viviam os pais dela. Fui com meu pai visitá-lo de ônibus duas vezes, entre 1995 e o início de 1996. Quando meu pai morreu, a avó do meu irmão pediu pra que eu nunca mais telefonasse. Um mês antes de completar doze anos de idade, enterrei meu pai, a madrasta que eu amava e meu irmão. Prometi que seria assim até meu irmão chegar à idade adulta, quando eu poderia estabelecer contato sem passar pela família dele.

— Ele está preso, Bi.

Preso. Ele está preso. Quatro anos criando coragem para procurá-lo, desde que ele completara dezoito. Dez anos sem vê-lo ou ter notícia. Dezenove anos sem convívio. Consegui perguntar sobre ele pra uma prima, e ele estava preso. O terror da infância, de que a polícia levasse meu pai ao Carandiru, e o terror da minha avó, de que tio Haroldo fosse para a cadeia, materializados.

27

NO QUINTAL TINHA OUTRAS MOLECADAS da idade dos meus. Tinha bailinho no fim de semana. Aparecida passeava com as amigas, uma alisava o cabelo da outra com aquele ferro quente. Eu fiz amizade com as vizinhas e passava o tempo conversando e rindo com elas. Tempo bom aquele. Os filhos crescidos, debaixo de um teto que eu podia pagar, trabalhando numa boa casa de família. Sentia por não ter minha casa, mas, só de não ter amolação de homem, já era grande coisa.

Com dezesseis anos, Haroldo arrumou emprego no Bradesco, como contínuo. Foi o seu Tanaka mesmo que arrumou pra ele. Vô Tanaka, ele dizia. Meus filhos cresceram tratando meus patrões por vô Tanaka e vó Lela, era uma alegria muito grande pra mim. Nesse emprego de contínuo, Haroldo ganhava bem. Aí não quis mais saber de escola. Disse que no banco importava mesmo era trabalhar. Que o gerente da agência tinha estudado menos que ele. Dava presente pra mim e pra irmã: perfume, camisola, vestido. Até levou nós duas pra comer em restaurante, o menino. Usava camisa social e calça bem passada.

Aparecida, com catorze anos, foi trabalhar na casa de uma das filhas de Lela. Desde que chegamos naquela família abençoada, ela trabalhava. Me ajudava na limpeza, na cozinha e brincava com as crianças pra distrair. Mas nessa idade de catorze anos foi trabalhar como empregada mesmo, responsável pela casa, pela roupa e pela comida. A filha de meus patrões era uma pessoa boa, mas não era tão simples como o pai e a mãe.

Ela tinha mais soberba, achava que era muito importante, e não era sempre que tratava minha filha direito. Aí ouvi uma conversa de que tinha umas reuniões proibidas na casa dela. Que umas pessoas fugidas da polícia se escondiam lá, que queriam prejudicar o governo. Fiquei angustiada com a minha menina perto daquilo. Quem não deve não teme. Era só fazer tudo direito que o governo e a polícia não atrapalhavam.

28

JUDITE, MINHA BISAVÓ, NUNCA FOI tão presente na minha vida quanto no primeiro ano do meu primeiro filho.

— De onde saiu esse olho lindo?

— Minha bisavó.

O olho tão azul, que esverdeou pro escuro depois, chamando menos a atenção, era motivo de elogio e pergunta em qualquer lugar. O pai, de olho escuro, mas com a pele clara, podia ter o tal gene do olho claro. Mas e a mãe? De onde saíra aquele olho? Parecia sacanagem, depois de eu, finalmente, ter me descoberto negra, ser mãe de um menininho de olho azul.

A bisa morreu quando eu tinha cinco ou seis anos de idade. Não fui ao velório nem ao enterro, mas minha mãe e tio Haroldo foram. Visitávamos Sabino — a quem nunca chamei de avô — uma vez por ano, perto do Natal. Minha avó colocava todos os anéis e pulseiras que acumulara ao longo da vida. Vez ou outra, levava uma cesta básica.

Convivemos mais com tia Soraia, a irmã mais nova de Sabino, e seus cinco filhos. Os quatro primeiros, do marido italiano, herdeiros dos olhos claros do pai e da avó. O último, concebido em um estupro, depois que o marido morreu. Paulo Vitor era a única pessoa negra daquela casa. Adolescente, se meteu com o que não devia e antes dos vinte anos de idade foi assassinado em uma viela do Jardim Brasil. No velório, o irmão mais velho, PM, lamentava os caminhos percorridos pelo mais novo.

— Todo mundo sabia aonde isso ia acabar.

29

EU JÁ ANDAVA CANSADA DE TRABALHAR assim todo dia, e propus a dona Lela que Aparecida assumisse o meu lugar na casa dela. Era melhor eu voltar a lavar roupa pra fora. Com os filhos levando dinheiro pra casa eu podia trabalhar menos, cuidar mais das minhas plantas, dos meus bordados e das camisas do Haroldo. A pressão alta precisava de remédio pra ser controlada fazia anos, mas agora, cada vez que ia pro posto de saúde, voltava com mais um remédio pra tomar todo dia.

Foi mais ou menos nesse tempo que mudamos pro sobrado, na frente do quintal, que dava pra rua. O dinheiro já dava pra parar de dividir o banheiro com outras famílias.

Comprei cama pra mim e pra Aparecida, um sofá novinho pra sala, onde o Haroldo podia dormir, fogão, geladeira, até estante e televisão. Fiz uma horta no quintal e comecei a criar galinha e codorna. Em pouco tempo tinha minha freguesia de roupa pra lavar, vendia ovo pros vizinhos, fazia uma ou outra faxina e bordava enxoval de encomenda. Aparecida e Haroldo pagavam o aluguel e as contas da casa. O dinheiro das roupas, dos ovos, das faxinas e do bordado dava pra feira e pro supermercado. A pensão do Sabino ficava direto na poupança, rendendo um pouquinho todo mês, como a gerente do banco explicou. E quando eu percebia uma patroa em apuros com alguma dívida sem querer contar pro marido, oferecia empréstimo cobrando juros. Fiz dinheiro assim, e ainda ganhava presente: cerâmica, enfeites de prata, jogo de chá...

Nesse tempo, que tudo estava tão certo, Haroldo começou a beber. Primeiro, não dei importância. Coisa de rapaz novo, de querer se divertir. Depois, fui percebendo que perdeu o controle. Chegava em casa de madrugada todo sujo. Acordava atrasado pra ir pro trabalho. Não demorou pra perder o emprego bom no Bradesco. Jogou fora uma carreira de respeito.

Ele fazia bico pra um e pra outro só pra pagar a bebida e o cigarro. E aparecia em casa pra comer, tomar banho e brigar. O que eu fiz pra Deus pra merecer aquele sofrimento? Será possível que não bati o suficiente no infeliz? Cheguei num ponto de desespero que fui atrás do Sabino. Eu sempre recebi notícia dele por Carmem e dona Judite, que apareciam de tempos em tempos.

O cabra teve dois filhos com a vizinha da Vila Gustavo. Depois fugiu com a irmã dela e fez mais três crianças. Depois se juntou com essa última mulher com quem teve mais quatro. Todas morriam de ódio porque eu mordia uma parte grande do dinheiro dele todo mês. Culpado era ele que teve a ousadia de querer tomar meus filhos. E, casado mesmo, de papel passado, ele foi comigo. Muito justo eu receber meu dinheiro todo mês. Sozinha, não estava sabendo o que fazer com o Haroldo, então fui atrás do cabra safado.

Conheci a mulher dele. Feia que doía. Uma casinha pequena, suja, sem luz. Bem feito pra ele. Contei o que estava acontecendo com Haroldo e ele prometeu ir lá no dia seguinte conversar com o filho. Era safado, mas era um homem trabalhador. Algum conselho podia dar.

Com a visita do pai, Haroldo ficou mais revoltado ainda. Não pediu a bênção, como eu orientei, mal ouviu o que o homem disse. Esbravejou que eu era mãe e pai dele. E chorou igual criança, bêbado, bêbado. Aparecida passou pela sala de cabeça baixa e se enfiou no quarto dizendo que precisava estudar. Foram muitos anos de sofrimento com Haroldo bebendo. Sem saber se ia voltar pra casa vivo, ou se ia morrer bêbado na rua.

Aparecida arrumou emprego num escritório e saiu da casa de família. Agradeceu muito vó Lela e vô Tanaka, como ela dizia, e visitou os dois com carinho até o fim da vida deles. Depois do escritório, trabalhou em um banco, vendeu livro de porta em porta, prestou um concurso e foi trabalhar na Secretaria de Saúde. Eu apostei tanto no Haroldo, e foi a danada da Aparecida quem se deu bem na vida. Ela economizava cada centavo porque queria fazer faculdade. E, no fim de semana, limpava a casa, lavava a roupa dela, fazia feira pra eu não carregar peso. Mal tinha tempo de conversar. Entrava em casa e já se trancava no quarto pra estudar. Ou estudava ou limpava ou estava fora de casa.

Aparecida entrou na faculdade, em Mogi das Cruzes. Foi estudar economia, mas o dinheiro da mensalidade era muito alto. Somando o salário dela, a pensão do Sabino e mais o que eu ganhava com meus trabalhinhos, dava só pra pagar aluguel e faculdade. Não pagava trem, ônibus nem a comida. A danada conseguiu um tal crédito educativo do governo, pra pagar a faculdade só depois que se formasse. Eu morria de medo da dívida. Mas ela estava tão feliz que eu não podia dizer nada.

Quando ela passou na faculdade, foi perto do aniversário dela de vinte anos. Eu mandei fazer um bolo bem grande e dei uma festa de presente pra menina. Admirava muito o esforço dela. Fazia anos que a gente não conversava mais. Digo, sem nem ter vergonha, que eu nem entendia direito as coisas que ela falava. Mas sabia que minha filha estava no bom caminho.

Com Haroldo eu conversava mais. Sabia bem o que era beber. E entendia que a vida parecia mais difícil pra ele. Homem não tem a fibra da mulher. E o coitado cresceu sem o pai perto. Deve ter ouvido muita humilhação na escola, na rua por ser criado por uma mãe largada. Algumas vezes, por pena, eu mesma dava dinheiro pra ele comprar bebida e cigarro. Se Aparecida soubesse, me matava. Mas o que eu podia fazer? Só rezar.

Quando ele vinha pra casa mais prepotente, eu saía de mim e ralhava mesmo. Era briga na madrugada. Ele até se jogou do sobrado duas vezes dizendo que ia se matar. Qual o quê? Ele sabia bem que uma queda daquela alturinha não matava ninguém.

Às vezes, na hora de dormir, eu pedia mesmo a Deus que levasse meu filho. Morrer era melhor que levar aquela vida ingrata. Sendo desrespeitado pelos outros, chamado de bêbado, chutado em calçada. A única coisa que me dava alegria era saber que ele não tinha virado bandido.

Aparecida se formou na faculdade e seu Tanaka levou todo mundo pra comer pizza de presente pra ela. Sentiu orgulho de ver a Aparecida formada. Nenhuma das filhas dele tinha se formado em faculdade e Aparecida, a filha da empregada, tinha.

Com o tempo, ela foi pagando todas as contas da casa e eu não precisava mais fazer bico nenhum. Até minha pensão ela dizia que eu podia guardar, que as despesas da casa eram com ela. Comprou telefone, que era tão caro naquele tempo. E vez ou outra aparecia com um namoradinho. Nunca nenhum preto, graças a Deus.

Mas depois foi inventar de casar com o Félix, filho da dona Maria, uma das minhas vizinhas. Ele era um moção alto, bonito. Mas todo mundo via no cabelo pixaim e na carona que era filho de preto. Paciência. Pelo menos era trabalhador, de uma família boa. E, de todo jeito, Aparecida nunca quis muito palpite meu.

30

TRÊS FILHOS. MESTRADO, DOUTORADO. Biografia de Sueli Carneiro publicada e o desejo crescente de buscar a genealogia da minha família. Chegar ao tataravô de Sueli, escravizado no norte de Minas na primeira metade do século 19, assentou minha convicção de que os documentos de nossos antepassados existem e estão esperando por nós.

Organizei a viagem de treze dias, saindo de São Paulo, chegando a Salvador, passando por Sítio do Mato e Bom Jesus da Lapa. Na Serra da Canastra, conhecemos a nascente do Velho Chico. Entre Cordisburgo e Curvelo, li trechos de *Grande sertão: veredas* e contos de *Primeiras estórias* para as crianças, mas elas ainda não foram fisgadas por Guimarães.

— Quem liga?

— Pode parar de ler e colocar música?

— Legal, mãe, mas não dava pra ter ido de avião direto pra Salvador?

Em uma praça, perto da gruta do Bom Jesus, minha filha me pediu um guaraná. Compramos e sentamos pra tomar com calma, quando ela apontou um monumento de pedra, com uma imagem gravada.

— O que é isso, mãe?

Chegamos perto.

Uma criança, abraçada por uma mulher preta de cabelos curtos e saia longa, seguida por um homem preto de terno e atrás dele uma fila de pessoas, todas em direção ao altar do Bom Jesus, com Nossa Senhora no canto. Abaixo da imagem, a legenda: "1888. Romaria Negra".

Era verdade a história repetida por vó Polu diante das minhas perguntas insistentes sobre o passado: as romarias a Bom Jesus da Lapa começaram em maio de 1888, como agradecimento pelo fim da escravidão legal, mesmo que, infelizmente, a escravidão em si ainda perdurasse.

Nas igrejas, nos cartórios da Lapa e de Sítio e até na diocese, as mesmas respostas e orientações:

— Deixa aqui pra gente os nomes e anos que você precisa pesquisar e responderemos em até quinze dias.

— Eu não estarei aqui todo esse tempo, estou de passagem, vim de São Paulo para a pesquisa.

— A gente entra em contato por e-mail ou telefone, não precisa se preocupar.

— Eu já fiz pesquisa em livros de registros outras vezes. Coloco luva, trabalho do seu lado, com todo o cuidado.

— Não, senhora. Depois da Lei de Proteção de Dados, não é possível.

— Mas são registros muito antigos, estou buscando registros da minha família.

— Não é possível.

Nunca recebi telefonema ou e-mail de resposta de ninguém. Telefonei e escrevi inúmeras vezes ao longo de dois anos para os cartórios e igrejas onde estive, mas ninguém me respondeu.

Os documentos de nossos antepassados existem, estão esperando por nós, mas a interpretação equivocada da Lei de Proteção de Dados nos impede de chegar a eles.

31

ENTRE NAMORO, NOIVADO E CASAMENTO, Aparecida passou dois anos com o Félix. Ela casou virgem, na igreja, toda de branco, formada na faculdade, aos vinte e sete anos. Menos de um ano depois de casada, estava fazendo tratamento espiritual para engravidar. Pariu uma menina, minha neta, a quem botou o nome de Bianca.

Quem criou mesmo fui eu. Com a ajuda de Haroldo. Ele saía caminhando com a bebê, mostrando a vizinhança toda. Era um tio mais que pai. Sempre foi. E acho que foi mesmo por isso que ele parou de beber.

Foi em centro de candomblé, umbanda, espírita, igreja católica, fazia promessa, mas voltava a beber. Foi em médico, tomou remédio, reunião de Alcóolicos Anônimos, mas voltava a beber. Aí, uma amiga da gente falou de uma vacina que um médico dava em São José do Rio Preto, bem longe de São Paulo. Aparecida deu o dinheiro pra ele, da viagem e da vacina, e o cabra voltou curado. Nunca mais botou uma gota de álcool na boca. Nem vinagre ele usava pra temperar salada.

Com o passar do tempo, Aparecida tinha um bom dinheiro guardado, e disse que ia comprar uma casa. Qual o quê. Ela disse que era pra mim a casa. E propôs que morássemos juntos de novo. Foi um procura pra lá, procura pra cá. O dinheiro não dava pra comprar na Vila Medeiros. Mas achamos um sobrado bom no Jardim Brasil, até com uma casa no fundo. Dava pra cada uma ter sua casinha separada, no mesmo quintal, pra evitar confusão. Foi o dinheiro da economia dela todinho, e eu também dei uma parte da pensão do Sabino que guardava. Haroldo ajudou a negociar. Não era o meu nome no papel, era o da minha filha, o que dava praticamente no mesmo.

Antes da mudança, a gente começou a perceber a vizinhança meio esquisita. Toda vez que voltava na casa dava pra ver que alguém tinha invadido. Sempre tinha seringa, sangue, garrafa e bituca de cigarro pra limpar. Meu Deus do céu, onde a gente tinha ido parar? Começou a dar medo de ir praquele lugar. E aí que a gente foi entender a cara dos vizinhos quando a gente falava pra onde ia mudar. Era no meio de uma bocada, um lugar mesmo pesado.

Eu que não tinha coragem de abrir minha boca pra dizer nada a Aparecida. Era sempre melhor ela mesma resolver as coisas. Mas rezava de noite pra alguma coisa acontecer e a gente não ir praquela casa.

Haroldo tinha medo da menina crescer naquele ambiente. E eu achava que ele tinha razão. Aparecida teve um lampejo de razão e decidiu botar a casa à venda. Mas não tinha reza que ajudasse a vender. No fim das contas, o preço que recebeu de volta era um pouco mais da metade daquilo que pagou. Que desgraça, meu Deus. O jeito era voltar pro aluguel, porque não tinha nada naquele valor pra comprar.

Até que o corretor veio com uma ideia que assustou Aparecida.

— Com esse dinheiro, dá pra comprar um apartamento na Cohab.

— Na Cohab? Mas Cohab é do governo, tem que se inscrever.

— Isso. Mas tem gente que quer mudar e acaba vendendo o apartamento. O comprador assume a dívida com o governo e fica com o apartamento.

— Mas não é perigoso? Não é gente que vem da favela?

Eu me ria por dentro. A menina não lembrava do nosso primeiro barracão? Depois de fazer faculdade ela achava que a gente era quem? Mas nunca que ia abrir minha boca. Eu, como sempre, só ouvia.

— Vamos visitar uns dois ou três apartamentos que estão à venda, em prédios diferentes, e você vê como o lugar é muito bom.

Fomos, os quatro, visitar os apartamentos. Eu me apaixonei. Sala, cozinha, dois quartos, banheiro, lavanderia. Tinha um todo reformadinho. Com a parede rebocada, nem dava pra ver o bloco de construção, azulejo e piso na cozinha e no banheiro. Lindo. No térreo tinha até espaço de jardim, todo descuidado, e uma vaga de garagem. Aparecida não estava bem certa, mas eu vi que ali era muito bom. Tive que opinar. Que outro como aquele, a gente não ia encontrar.

Com pouco tempo no prédio eu fiz amizade com os vizinhos tudo. A dona Elisa, o senhor Afonso e as quatro filhas, no quinto andar. A Luzia, uma preta bonita, casada com o seu Zé, zelador da creche. O Pedro Afonso, que trabalhava com um advogado, junto com a mulher e os filhos. Dona Dalva, com a filha Helena, o genro e a neta. Isso só no quinto andar. São dois blocos, com cinco andares, com quatro apartamentos por andar. E eu sei da vida de todo mundo.

Peguei o jardim pra cuidar. Plantei erva, flor de todo tipo, grama. Em pouco tempo ficou esse jardinzão bonito. Quase todo dia eu desço pra cuidar das plantas. Mas também não deixo ninguém estragar. Se criança entra no jardim pra pegar bola, eu tiro a cabeça pra fora da janela e ralho mesmo. Não tem pai nem mãe pra me intimidar. Se não educa a criança, o mundo educa. Mas como não sou besta, também agrado os bichinhos. Sempre jogo uns bombons pela janela.

Com o meu dinheirinho da pensão, consigo emprestar pra um comprar gás, pra condução do outro, pra uma conta de luz que vai vencer. Fico feliz em ajudar. Mas Aparecida não pode saber. Senão ela vai ficar brava de ter que pagar tudo sozinha pra nós quatro, e eu ficar distribuindo dinheiro pros outros. Mas hoje ela trabalha em firma grande, ganha bem. E eu não vou levar dinheiro comigo no caixão.

Passo as tardes no bordado. Faço a comida simplesinha que não me incomoda. Se o fogão suja muito, peço a uma vizinha pra limpar pra mim antes de a Aparecida chegar. Fogão sujo é motivo de briga pra ela. As vizinhas ficam com dó de mim e limpam.

Na minha garagem, mandei levantar parede e pôr uma porta de madeira. A gente não tem carro, ninguém dirige. Mas aproveitei o espaço e fiz um poleiro bom pra criar minhas codornas.

32

QUANDO O TELEFONE TOCOU, perto das sete horas da noite daquele 11 de março de 1996, eu dividia a atenção entre a TV ligada e a lição de geografia. Tia Guida, que, quando ligava, era para falar comigo, pediu para passar o telefone para minha mãe.

Um murro na mesa. O choro de raiva. Entrar no quarto da vó Polu e falar baixo para que eu não pudesse ouvir. O pedido para colocar uma roupa quente porque precisaríamos ir ao hospital.

Meu pai tinha levado um tiro na cabeça. Suicídio, ele mesmo atirara. Mas há quem diga ainda hoje que não foi ele, mas a polícia ou alguém do jogo do bicho.

— Não importa quem foi. Tire isso da cabeça e reze para a alma do seu pai. A gente véve a vida que Deus deu. Faça suas obrigações direitinho, se dê ao respeito e viva em paz. Sem bestagem, nem pabulagem. E não solte o cabelo pra não parecer essas neguinha.

Naquele 25 de março de 1996 e nos catorze dias que o antecederam, ouvi que chorar o pai hospitalizado, depois de um tiro na cabeça, podia atrapalhar a recuperação dele, e chorar sua morte poderia atrapalhar o caminho do espírito. Era necessário seguir em frente, para que ele também pudesse seguir. Dia 26, terça-feira, tinha prova de matemática. Ir para a escola, fazer a prova, e acertar quase todas as respostas era a possibilidade de uma criança de menos de doze anos seguir adiante.

Os catorze dias entre a segunda-feira 11 de março e a segunda-feira 25 se passaram em uma camada suspensa do tempo-espaço. Uma existência apartada de qualquer coisa que se passasse ao redor. De dentro também. Poucas interrupções do vazio: se sobreviver, talvez ele nunca mais possa andar; talvez perca a visão de um olho; vai ficar totalmente cego.

Com exceção de sábado e domingo, quando visitei o pai hospitalizado, todos os outros dias foram de escola. Mesmo no vácuo, era possível copiar os pontos da lousa, responder meia dúzia de perguntas, fazer a lição de casa.

Vinte anos depois de enterrar meu pai, em 2016, um mês e meio depois de voltar para casa, meu irmão foi preso novamente, acusado de tráfico de drogas. Recebi a notícia por mensagem de voz da mesma prima:

— Bi, as notícias do seu irmão não são boas, infelizmente. Ele estava com o apartamento cheio de drogas. Voltou a roubar, começou a traficar. A polícia pegou tem uns quinze dias. Ele reagiu, apanhou muito. Quase morreu. Está preso de novo aguardando o julgamento.

A prima falou muito ainda depois disso. Não consegui mais ouvir. Quinze dias depois de ele parar de responder minhas mensagens, me perguntei muitas vezes como o tinha ofendido. Se foi minha insistência em perguntar como estava a procura por trabalho. Ou a oferta de ajuda, ao perguntar se ele precisava que eu mandasse algum dinheiro todo mês até conseguir trabalho.

O julgamento foi agendado para cinco meses depois da prisão. Poderia pegar de cinco a quinze anos. Ele diz que não ter feito nada. A polícia afirma ter encontrado quarenta pinos de cocaína com ele, e mais pinos de crack e porções de maconha no apartamento para onde tentou fugir. Passou mais seis anos na cadeia.

33

EM 2012, QUANDO ESTAVA na 39ª semana de gestação da minha terceira filha, tive um pico de pressão alta e um exame detectou que estava escapando proteína na minha urina. Pré-eclâmpsia que, se virasse eclâmpsia, significava grande risco de morte pra bebê e pra mim. Em um relatório do Ministério da Saúde de 2005, ainda referência em 2012, li que:

> As causas de morte materna estão relacionadas à predisposição biológica das negras para doenças como a hipertensão arterial; fatores relacionados à dificuldade de acesso e à baixa qualidade do atendimento recebido e à falta de ações e capacitação de profissionais de saúde voltadas para os riscos específicos aos quais as mulheres negras estão expostas.

Predisposição biológica das negras.

Em *Nossos passos vêm de longe*, organizado por Jurema Werneck, Maisa Mendonça e Evelyn Blay, encontrei o artigo de Evelyn que explica:

Há muita perda e demasiado sofrimento na comunidade negra. Devido às altas taxas de mortalidade infantil e homicídio, bem como de baixo índice de expectativa de vida, muitas mulheres negras têm sofrido duras perdas já na juventude. Especialistas na área de saúde física e mental indicam que perdas mal resolvidas podem contribuir para hipertensão, estresse, depressão, ansiedade e uso excessivo de álcool e drogas.

Vó Polu, além de alcoólatra, também era hipertensa. Predisposição de mulheres negras.

34

A INVEJA QUE SENTI DE VÓ POLU quando ela morreu, o alívio que vi em seu rosto quando, finalmente, acabou, me acompanharam por anos. Nas grandes e nas pequenas dificuldades eu me acalmava pensando que aquilo não era eterno, que a morte um dia chegaria. Em turbulências de voos, eu fechava os olhos, imaginava o avião caindo e sentia paz.

Antes da maternidade, o suicídio me parecia uma boa solução para qualquer problema drástico. Se desse muito ruim, me mataria. Até engravidar pela primeira vez e me sentir despencando no abismo: a opção de tirar minha vida não existia mais.

Em um momento de desespero, durante o governo Bolsonaro, quando tive certeza de que seria morta ou ficaria louca, contratei um seguro de vida incompatível com a minha renda, mas que parecia suficiente para sustentar a educação dos meus filhos e da minha filha, caso eu morresse. A assinatura digital do contrato, aquele único clique, acalmou minha respiração e meus pensamentos. Se eu morresse, ficaria tudo bem. Que alívio seria.

Foi só em janeiro de 2025, saindo do quarto de Ifá, ao final da minha iniciação, que senti o desejo de vida. Vestida de branco, com o rosto pintado e uma pena vermelha na cabeça, observava o mar por uma fresta no portão de madeira, quando senti paz e alívio sem pensar na morte. Agradeci à minha ancestralidade, aos orixás e ao meu *ori*, por ter conhecido o amor. Pedi para permanecer viva.

Agradecimentos

Agradeço a Iyami Osoronga, a Exu e ao Ifá.

Maria, minha mãe, por tudo, tudo, por me ajudar a lembrar e pela generosidade na leitura.

Iyalorisa Esu Tobi, pela guiança e cuidados.

Matheus Leitão, meu amor, pelo incentivo, companhia, colo, leitura em voz alta, comida, sol e mar, que me permitiram finalizar a escrita deste livro.

Lucas, Pedro e Cecília, pela compreensão nos momentos de ausência.

Bruninha, pela irmandade e parceria forte.

Conceição Evaristo e Sueli Carneiro, pela régua e compasso.

Minhas editoras Fernanda Diamant, Juliana Rodrigues e Rita Mattar, sempre tão maravilhosas, assim como Lucia Riff, Eugênia Ribas-Vieira e toda a equipe da agência Riff.

Afonso Borges, Sérgio Abranches e Igiaba Scego pela iluminação dos caminhos na Fliparacatu.

Ana Maria Gonçalves, Aline Godoy Vieira, Ana Carolina Evangelista, Ana Letícia Silva, Daniela Silva Scapin, Daysi Bregantini, Debora Pivotto, Débora Thomé, Edilamar Galvão, Ester Rizzi, Fernanda Mena, Georgia Haddad Nicolau, Itamar

Cardin, Ludmila Frateschi, Maitê Freitas, Maria Brant, Mariana Belmont, Marina Terra, Miriam Leitão, Myriam Scotti, Paloma Jorge Amado, Natalia Timerman, Sandra Martins, Sandra Silva, Simone Rocha, Soledad Domec, Tassia Félix e Welington Andrade pelas conversas, leituras, orientações e sugestões.

Minha amiga Lia Rangel, Lilica, e meu professor Carlos Costa, ambos in memoriam, além de Irineu Franco Perpétuo, Mariana Lacerda, Renata Nakano e Sofia Mariutti, que há dez anos leram as primeiras notas sobre Apolinária.

FSC
www.fsc.org
MISTO
Papel | Apoiando o manejo florestal responsável
FSC® C011095

A marca FSC® é a garantia de que a madeira utilizada na fabricação do papel deste livro provém de florestas gerenciadas de maneira ambientalmente correta, socialmente justa e economicamente viável e de outras fontes de origem controlada.

DIRETORAS EDITORIAIS Fernanda Diamant e Rita Mattar
EDITORA Juliana de A. Rodrigues
ASSISTENTE EDITORIAL Millena Machado
REVISÃO Soraya Borges de Freitas e Eduardo Russo
DIRETORA DE ARTE Julia Monteiro
CAPA Danilo de Paulo | mercurio.studio
PROJETO GRÁFICO Alles Blau
EDITORAÇÃO ELETRÔNICA Página Viva

CIP-BRASIL. CATALOGAÇÃO NA PUBLICAÇÃO
SINDICATO NACIONAL DOS EDITORES DE LIVROS, RJ

S223a

Santana, Bianca
Apolinária / Bianca Santana. — 1. ed. — São Paulo : Fósforo, 2025.

ISBN: 978-65-6000-121-3

1. Romance brasileiro. 2. Biografia como forma literária. I. Título.

CDD: 809.93592
25-98106.1 CDU: 82-94(81)

Carla Rosa Martins Gonçalves — Bibliotecária — CRB-7/4782

Editora Fósforo
Rua 24 de Maio, 270/276
10º andar, salas 1 e 2 — República
01041-001 — São Paulo, SP, Brasil
Tel: (11) 3224.2055
contato@fosforoeditora.com.br
www.fosforoeditora.com.br

Este livro foi composto em GT Alpina e
GT Flexa e impresso pela Ipsis em papel
Pólen Bold 90 g/m² da Suzano para a
Editora Fósforo em julho de 2025.